上野の神様にこい願わくは
あやかし資料館の大蛇様

岡達英茉

富士見L文庫

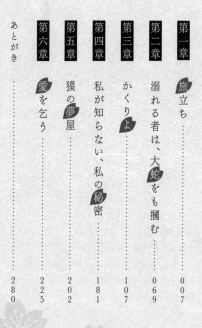

上野《うえの》恩賜《おんし》公園の不忍池《しのばずのいけ》には、龍《りゅう》がいるという。

――いやいや、そんなのは単なる伝説か、迷信でしょ。

そう思っていた。あの瞬間までは。


それはまさに、目を疑う光景だった。

夜の公園の池を、男が一人で泳いでいたのだ。

――何あの人？……何してんの？

怖いもの見たさから、物陰に身を隠すようにして様子を窺《うかが》う。

やがて男はするすると池から上がった。

濡《ぬ》れた前髪を勢いよくかき上げてから、顔を上げる。

街灯に照らされたその容貌《ようぼう》に、思わず息を呑《の》む。

男は妖《あや》しいまでに美形だった。

白磁の肌に、闇夜を思わせる漆黒の瞳《ひとみ》。普通じゃない男の、異様な美貌《びぼう》が、私の思考を束の間奪う。

水も滴る良い男、とはよく言ったものだ。

滴り過ぎて足元を水浸しにしながら、男は池の脇を歩いた。

続けて更なる衝撃の展開が待ち受けていた。
信じがたいことに、男の身体が変形しやがて龍に変わったのだ。
驚愕《きょうがく》と恐怖からか、人生で初めて腰を抜かした。

まさかその数日後、自分がその龍に助けを求め、全力でお縋《すが》りする事態が待ち受けていようとは、想像もしなかった。

第一章　旅立ち

八月の東京の夏は、朝から茹《う》だるように暑い。冷房が効いた家の中から外に出ると、焼け付くような強烈な日差しと、全身に纏《まと》わりつく湿気に襲われる。

アスファルトから照り返す熱が、サンダルを履いた足元からも伝わる。

電柱にへばり付いたアブラゼミとミンミンゼミが、競うように合唱をしている。そのうち前触れもなくボトッと落下してくるから、要注意だ。

銀色のスーツケースを片手に、空いた方の手の甲で母が額に噴き出した汗を拭《ぬぐ》う。

庭先で振り返りながら、母は兄と私に言った。

「大志《たいし》、真穂《まほ》。二人とも分かってるわよね？　夏休みだからって、一日中寝てないでちゃんと勉強しなさいよ？　ご飯も三食たべるのよ？」

分かってるって、と私達は何度も頷《うなず》いたが、それでも物足りないのか、母は私の正面に立って念押しのように言った。

「お兄ちゃんは放っておくとご飯全然食べないから、ちゃんと食べさせてあげてね」

一歳だけとはいえ、年上の兄の食事の面倒をなぜ私が見なくちゃいけないんだ。

若干疑問に思いつつも、適当に頷いて安心させると、母は兄の方を向き、続けた。

「大志も真穂にばかり甘えないのよ？　あと、彼女さんとのハワイ旅行楽しんでね」

兄は明日から、恋人とハワイ旅行の予定なのだ。

「分かってるから、母さんは安心してイギリス行ってきてよ！　父さんによろしくね」

兄がそう言うと母は片手をヒラヒラと振ってから、大きなスーツケースを転がして出かけていった。

さて、何を隠そう今日から私の大学は夏休みだ。

母はイギリスに単身赴任中の父に会う為に、二週間ほど日本を離れる。

父がイギリスで借りている家を大掃除しに行くようなものだから、決して観光モードではない。おまけに帰国までに父の冷凍庫を作り置きのおかずで満たさないといけない。

母は父の世話をしに日本を発《た》つのだが、家に残る私は反対に浮かれモードだ。

何しろ明日から兄も五日間、ハワイ旅行に出かけてくれるのだ。

家を独り占めだ。つまり、何をしても怒られない。

ここは俄《にわ》か一人暮らし生活を、存分に堪能《たんのう》しようではないか。

その日の夕暮れ時のことだった。私は台所で夕食の支度をしていた。

近所の定食屋でのアルバイトを終えた兄は、帰宅するなり冷蔵庫に直行した。

二リットルペットボトルの炭酸飲料を取り出し、キャップを回す。プシュッと小気味よい音が弾《はじ》ける。

「お兄ちゃん、今年の夏休みは大学院の受験勉強を始めるの？」

おたまの中の味噌《みそ》を菜箸《さいばし》で溶かしながら、少し期待を込めた声で尋ねる。

兄は今時の大学生にしては珍しく、足繁くゼミの研究室に通い、熱心に勉学に励んでいた。

就活と称して、様々な企業について調べ始めた兄ではあったが、就職せず大学院に進学する選択肢も、まだ捨てきれていないようだった。

「まだそっちの準備は始めないよ。大学院の入試の勉強は、四年生からでいいらしいから。俺、まだ三年だし」

大丈夫なんだろうか。私は幾らか心配しながらも、使い終わった味噌を冷蔵庫に戻す。

兄は私の心配などどこ吹く風、とペットボトルの飲料を行儀悪くガブ飲みし始めた。もうあのジュースは飲むまい……、と心に刻む。

「今日の夕ご飯、海老《えび》シウマイだからね。ちょっと時間かかるから、待っててね」

そう言うと兄に背を向け、台所仕事に意識を戻す。

再びシンク前に陣取り、ザルの中の生海老をつまみ上げる。海鮮系特有の美味《おい》しそうな匂いがして、思わず口元が緩む。

私は甲殻類が大好きだ。

特に海老と名のつくものは、どの大きさのものでも美味しい。

桜海老も、甘海老も、ボタン海老も、伊勢《いせ》海老も……。

手の中でヌルヌルと滑る海老の殻を丁寧に剝《む》き、その背に爪楊枝《つまようじ》を刺す。こうして背わたを取り除くのだ。

爪楊枝を引き抜く時にスルリと背わたが一度に外れるのが、理想的だ。

「ああっ、途中で切れた！　もう～」

手の中の海老の背わたが上手《うま》く取れない。爪楊枝を刺しすぎて、既に穴だらけだ。おまけに料理の邪魔にならないよう纏め上げたロングヘアが崩れてきて、顔周りに落ちてくるが、この状況では直したいのに直せない。

振り返ると兄はまだ冷蔵庫の前で、ぼんやりと立っている。

「お兄ちゃん、暇なら料理手伝ってよ」

「えっ、でも俺料理苦手だから……」

「私が得意に見える⁉　っていうかバイトで何してるの？」

それとも、男は家で料理しなくていいとでも？

そういえば、高校の調理実習の授業でも、こういう男子いたっけ。レシピ見ながらテキパキ動く女子達の横で、高みの見物をしてるだけの男子。

私が高校一年生の時だ。忘れもしない。プリンを入れて水を張った鍋《なべ》に火をかけた後、「ちょっと見てて」とお願いしたら、プリンが沸騰しようがコンロの前に余裕の棒立ちをしてるだけの男子、いたな。確か、名前は冬馬《とうま》君だ。父親がドイツ人で、顔だけは良かった。顔だけは。

お陰様で、プリンは穴だらけに仕上がった。すが立ちそうになったら弱火にしろ、との家庭科の先生の話を聞いていなかったに違いない。

いまだに私はプリンを見ると、冬馬君を思い出す。

私が高校時代の腹立たしい思い出に耽《ふけ》っていると、兄が俺専用と化したペットボトルを冷蔵庫に戻しながら話しかけてきた。

「……あのさ、お前も俺と同じで、昔からたまにあやかしが見えるって言ってたよな？」

突然の話題転換に、私は料理の手を止め、束の間返事に困った。

そう。いつの頃からか覚えていないが、私には時折おかしなモノが見えた。

それは私だけではなく、兄も同じだった。

永沢家《ながさわけ》の兄妹《きょうだい》——つまり私、真穂と兄の大志には幼少の砌《みぎり》より、普通の人には見えない妙な「モノ」が見えていたのだ。

それはふとした拍子に視界の隅に現れる、黒い影とかオバケみたいなものだ。

たとえば部屋の電気を消した時。暗転した部屋の真ん中に、輪郭が不明瞭《ふめいりょう》な白い影がチラついたりする。

賑《にぎ》やかな街中を歩いていても、店舗と店舗の狭い隙間に、まるで風の吹き溜《だ》まりに渦を巻いて転がる紙くずのように、小さな霞《かすみ》が漂うのが見えることがある。

幼い頃、私と兄が二人でそういったモノを指差して報告すると、父母はとても戸惑った顔をしたものだ。

やがてそれが見えることで両親が心配し、嫌な思いをしていると察した私は、いてはいけない、いるはずがないものを目にしても心の中で無視をするようになった。

他の人たちにはこんなモノが見えないのだ、見えたらおかしいのだと悟ったのだ。

「あやかしというか——、私に見えるのは、影みたいなよく分からないモノだよ」

あやかしなんて、伝承や文学の中の存在としてしか、認識していない。

「そっか。でも俺には、あいつらがはっきり見えるんだよね」

私は周囲を当惑させる「いるはずがないもの」を徹底して無視したが、兄はその逆だった。

兄は私より多くのモノが見えるらしく、小さい頃は何もない所に向かって話しかけ、周囲を私以上に困惑させた。

兄は大学で民俗学のゼミを専攻し、研究室に通うようになると、子どもの頃から見えていた「何か」が所謂《いわゆる》「あやかし」という存在だったと家族に吹聴《ふいちょう》するようになった。

兄は自分に見えるモノの存在を信じたのだ。

「お兄ちゃんには私よりも、色んなモノが見えてるのは知ってるけど、こういう話はあんまりお母さん達にはしないでよ～。不安にさせるから」

そう忠告してから、ふと心配になる。まさか彼女にまでそんな話をしていないだろうか？

妹として、一言忠告しておかねば。

兄も私と同じく、特に主張のない控え目な顔立ちだ。その上研究の虫という、彼女が出来にくい環境にいる。貴重な彼女を逃す手はないのだから。

「多分、彼女さんにもこの手の話は、あんまりしない方がいいんじゃないかな。引いちゃうんじゃない？　妄想癖があると思われちゃうかもよ？」

するとは兄は、予想もしないことを言った。

「いや、あのさ——実を言うと……俺のつきあってる彼女って、本当は人間じゃないんだ」

えっ？　聞き間違いだろうか。目を白黒させる私の前で、兄はやや言いにくそうに続ける。

「真穂にだけは言っておくよ……。俺の彼女さ、あやかしなんだ」

「ん？　ちょっと何言ってるか分かんないんだけど」

もしかしてコレって笑うところ？　ウケ狙い？

「彼女って、大学で同じクラスの人って言ってなかった？」

「言ったけど、違うんだ。半年くらい前に、向こうから声をかけてきてくれたんだ。母さんには彼女が見えないだろうから、彼女は母さん達が交際に反対するんじゃないかって、心配してる」

そりゃそうだろう。私はむしろ兄の頭の中が心配だ。

困って絶句していると、兄は頭をぼりぼりと掻《か》きながら首を傾けて私を覗《のぞ》き込んだ。

「ちょっと、俺の話ちゃんと聞いてる？」

聞いてるけど、突飛過ぎて脳に入ってこない。

「――あやかしって、喋《しゃべ》れるの？　言葉通じるの？」

「当たり前だろ。日本に住んでるんだから」

「へー……。でもあやかしって、触れるの？」

「触れるよ！」

なぜそこで顔を赤らめるのか。

「つまりお兄ちゃんは明日からその……あやかしの彼女と、ハワイに行くの……？」

彼女はパスポートとかお持ちなんだろうか。座席は空席扱いされないだろうか。

「母さんに心配かけたくなかったから言わなかったんだけど、彼女と行くのはハワイじゃないんだ。彼女の国――隠世《かくりよ》に行くんだ」

海老を完全に放り出し、後ろにいる兄にがばりと向き直る。

「えっ、待って何なに？　ハワイには行かないの？」

「行かないよ。母さんは理解できないだろうから、あやかしの彼女と隠世に行くなんて言えないだろ？」

いやいや、私にもさっぱり理解できませんけど。

「隠世って、何……？」

聞いてはいけないキーワードだという予感が、猛烈にする。

だが兄は関心を持たれたのが嬉《うれ》しいのか、ぎこちなく口角を上げ、笑顔を見せる。

「この世ならぬ、あやかし達の世界だよ。俺達が住むこの世が現世で、現世とは別に存在するあやかし達の世界が、隠世。実際に見てくれれば、研究の役にも立つしね」

「何言ってるの、そんなの——、隠世なんて実在するはずがないでしょう？」

「俺には見えるんだよ。とにかく、ハワイには行かないから、なんていうか、もし向こうでテロとかあっても心配しないで」

「隠世の方が、余程心配なんだけど」

「まぁ、信じられないなら別に構わないよ。母さんにはちゃんとマカダミアナッツチョコを買ってくるから、大丈夫。とにかく五日間で戻るからさ」

どこまで本気なのか分からないほど穏やかな調子で兄はそう締めくくり、自室に戻っていった。

そうして翌日の昼過ぎ、兄はお気に入りの星条旗模様のスーツケースを颯爽《さっそう》と転がし、意気揚々と家を出ていった。

「いやー、快適快適！」

誰もいなくなった家の中。

キンキンに冷房を効かせた居間で、ゴロンとソファに横になる。

少々予期せぬ、兄からの妙な報告は受けたが、これで家を独り占めだ。誰に咎《とが》められることなく、堕落したフリーダムな一人生活を満喫できるというもの。

夜になると、私は張り切って兄の部屋に侵入した。

日頃から目をつけていた兄の漫画が、今なら読み放題だからだ。

兄の部屋は六畳の洋室だ。

ベッドと本棚、それに参考書が山積みになった勉強机が置かれている。

お借りしまーす、と心の中で持ち主に断りを入れながら、兄のベッドに座り、本棚を漁《あさ》る。傍らにはポテトチップスの袋だ。ここはパラダイスか。

手当たり次第に漫画を引っ張り出していると、数枚の紙がヒラリとベッドのシーツに舞い降りた。

何の気なしに拾い上げると、それはシールに印刷されたコマ割りの写真――おそらくゲームセンターのプリントシール機で撮ったシールと、一枚の写真だった。

プリントシールを見て苦笑してしまう。

兄と若い女性が身を寄せ合い、ピースをしている。シャッターの瞬間に女性が動いてしまったのか、女性は顔に髪がかかっている上にブレている。二人の間には兄の萎《しな》びたモヤシが転がったような汚い字で、「ラブラブ」と書き込まれている。ということは、きっとこの人が恋人なのだろう。

なんだかこそばゆい。あまり見たくなかったかも。

女性の胸元には、「伽耶《かや》」と名前らしき字がキラキラな文字で書き込まれている。とりあえずどことなく妖怪《ようかい》臭のする「鬼美《おにみ》」とかじゃなくて、胸を撫《な》で下ろす。

もう一枚の写真の方を見ると、私は首を傾げた。

花柄のブラウスを着た女性が池の前に立ち、こちらに微笑みかけている。髪型や体形がプリントシールの彼女と同じだから、十中八九同一人物だろう。

どこで撮影したのか、背景は池と緑が広がるどこか開けた場所だ。

そしてまたしても、彼女の顔付近の画像だけがブレ、輪郭がボヤけている。

——まさか本当にあやかし？

即座に首を激しく左右に振る。

「そんなバカなことあるわけないよね。今頃お兄ちゃんと彼女は、太平洋の上を飛んでるはずだから！」

隠世なんて、そもそも現実に存在するわけがない。

一人でのんびり起きる朝は、とても自由に感じられる。

誰もいない家の中で、気ままに過ごす。朝っぱらからカップ焼きそばとアイスクリームという、親がいたら叱られそうな献立の朝食を食べ終えると、我が家の猫の額ほどの前庭で、優雅に水遣《みずや》りをした。

前庭は申しわけ程度の面積しかなかったが、母が丹精込めて育てている植物たちで溢《あふ》れている。

クレマチスは外壁に沿って設置された、小さなフェンスの上部まで絡みついて蔓《つる》を伸ばし、青紫色の可憐《かれん》な花を咲かせている。八月の今が丁度開花時期なので、色鮮やかに咲き誇る花々は実に見応《みごた》えがある。

狭い庭の一角には獅子唐《ししとう》も植えてあったが、水遣りを始めると、その緑色の果実を這《は》っていた蟻達が一斉に逃げていく。

水を浴びて生き生きとする葉や花々を見て、朝からエネルギーをもらった気分になる。

「よし。今日も一日、有意義に過ごそう！」

満足して頷《うなず》き、大きな伸びをする。

長い夏休みの始まりを満喫しようと、早速駅前まで出かける準備に取り掛かる。

東京都台東区《たいとう》にある上野駅《うえの》は、JRも地下鉄も、また近くには京成電鉄《けいせいでんてつ》も通っており、駅周辺は常に賑《にぎ》やかだ。

友達と買い物をしながら上野駅前をぶらつき、夕食を食べる。ふわふわのオムレツを堪《たん》能《のう》しながら、ふと思った。兄は今頃、ハワイでロコモコとかスパムおにぎりを食べているのだろうか。

その後デザートまで平らげ、私達は上野恩賜《おんし》公園に移動した。

上野恩賜公園――通称、上野公園は広大だ。

敷地内には都内でも有数の大きさを誇る不忍池《しのばずのいけ》だけでなく、パンダのシャンシャンがいることで有名な動物園や国内有数の規模を誇る博物館、それに遊具がある一角もあった。

ソメイヨシノの名所でもあり、上野公園の花見と言えば、都内の春の風物詩の一つだ。花見の時期になると、過酷な場所取り合戦が繰り広げられ、毎年その様子がテレビでも取り上げられるのが常となっている。

陽が沈むと少しひんやりとした風が吹き、公園の中を歩くのは気持ちがよかった。

友達と公園内の芝生に座り込むと、長々とお喋りに花を咲かせる。

時間を忘れて話してしまい、気づけば夜の十時を過ぎ、辺りは真っ暗だった。

電車に乗って帰宅する友達と公園内で別れると、私は自宅へ帰る為、公園の南端を横切り始めた。

我が家は上野駅から徒歩二十分の距離にある。暗くなってしまったので少し急いで歩いていると、途中で霧雨が降ってきた。柔らかな雨が、しっとりと顔を湿らせていく。

「嘘ぉ、今日の天気予報、晴れだったはずなのに」

木々が途切れ、やがて不忍池が目の前に広がる。

池の遥《はる》か向こう、左手にはビル群が聳《そび》え、空を局地的に明るくしている。不忍池の真ん中には、橋で岸と繋《つな》がれた弁天堂《べんてんどう》という八角形の建物があり、ライトアップされたお堂が橙色《だいだいいろ》に輝いて見える。

昼間の賑やかさとは対照的に、夜の上野公園は閑散としており、その静けさと暗さが少し怖かった。

暗い池は水面を覆いつくす蓮《はす》の葉でいっぱいだ。不忍池は、夏の間蓮の花で多くの観光客を呼ぶのだ。

だが夜の池に広がる揺れる蓮というのは、どこか不気味でもある。

昼間とは全く違う、どこか陰鬱《いんうつ》な雰囲気を醸成している。

私の目の前で、不可解な出来事が起きたのはその時だった。

「えっ？　なんだ、あれ……？」

水面の一箇所が盛り上がったかと思うと、蓮の葉が激しく揺れる。細い茎で支えられた、空に向かって広がる無数の円い蓮たちがワサワサと揺れ、その揺れがこちらに向かって進んでくる。——何かが蓮だらけの池を泳いでいるのだ。

亀や魚の大きさとは思えない。

よくよく目を凝らすと、もっとあり得ないことに泳いでいるのは人間だった。正気の沙《さ》汰《た》とは思えない。不忍池の水質が遊泳に適しているようには、到底見えないのだが。

この異常行動をする人物を前に恐怖を覚え、急いで手近なベンチの裏に身を隠す。興奮のあまり握り締めた木製のベンチの背が、手の平に食い込む。

池から出てきたのは、スラリと背が高く、均整の取れた体軀《たいく》の男だった。

(若い男の人だ——。しかもスーツ着てる……？)

男の着ている白いワイシャツから、止めどなく水滴が垂れている。

池の端に屈《かが》みながら履き直しているのは、紳士靴のようだ。

立ち上がると男は池の鋼鉄の柵《さく》に掛けてあったスーツのジャケットを手に取り、サッと肩に掛けた。

そうして不忍池を睨《にら》みながら、吐き捨てるように言った。

「おかしいな。誰も沈んでいない。一体誰の荷物だ？」

耳に心地よい艶《つや》のある重低音だったが、奇妙な発言だった。端的に言えば、一切がおかしかった。

男はそのまま池の西の方角へ向かった。

何やら池の端から、ゴロゴロと大きな物体を引き摺《ず》っている。

もっとよく見ようとベンチから頭を少し上げる。

それは男の膝上《ひざうえ》ほどの大きさのスーツケースだった。そして街灯に照らされたその表面一面に描かれた星条旗には、すこぶる見覚えがあった。

(嘘！　――あれ、お兄ちゃんのスーツケースじゃない⁉)

目玉が転がり出るかと思うほど、驚いた。

スーツケースに巻かれた虹色《にじいろ》のベルトに掛かるネームタグも、兄のもの。

兄が荷造りして持って行ったはずのスーツケースが、こんな所にあるわけがない。だが、個性的すぎるあのスーツケースと同じものを使っている人が兄以外にもいるとは、思えない。

こんな偶然があるだろうか。

呼吸すら忘れて見ていると、男は確かに言った。

「まったく、はた迷惑だな、永沢大志って奴は。一体どうなってるんだ」

反射的に目の前のベンチの背もたれを、きつく握った。──男の口から出たのは、まさに兄の名。

スーツケースを転がしていた男が急に立ち止まり、首を回して辺りを窺《うかが》った。急いで首をベンチ裏に引っ込める。

その後、不思議なことが起きた。

男の身体が淡く発光したのだ。それはまるで、男の身体の内側から、鈍い光が漏れているように見えた。

やがて男の輪郭がゆっくりと、だが確かに崩れた。そのままぐにゃりと曲がると、銀色の輝きを放ちながら、空に向かって伸びた。同時に服が地面に落ちる。

男は消え失《う》せ、代わってそこには銀色の巨大な生き物がいた。

見間違いかと、何度も目を擦《こす》る。いや、むしろ見間違いであってほしい。

(嘘でしょ、何なのアレ……?)

大きな頭には、枝分かれした長い角が生えている。頭部から背にかけては、銀色に光を放つ美しい鱗《うろこ》。顔は長く突き出ているが、私の位置からは死角になって見えない。身体全体は夜闇に煌々《こうこう》と照る月を思わせる銀色だ。

龍《りゅう》だ、と咄嗟《とっさ》に私は思った。

目の前にいるのは、自分が今まで見たものの中から表現しようとするならば、龍だとしか言えない。

龍は兄の物と思《おぼ》しきスーツケースを咥《くわ》え、長い胴から伸びる手で、男の身体から滑り落ちた衣服を拾う。

やがて龍の身体がしなったと思うと、地を蹴《け》り音もなく飛び上がった。そうして公園上空を滑るように飛んでいく。――兄のスーツケースを咥えて。

震える手でスマホを弄《いじ》る。

「警察……！　一一〇番しなきゃ！」

不忍池に龍がいました！――いや、違う。人が龍に変身しました！

親指で二桁《ふたけた》まで電話番号を押しかけ、ふと冷静になる。通報してどうなるのだ。一体誰がこんなの信じる？

呆然《ぼうぜん》と立ち尽くしていると、龍の落し物に気がつく。

龍が飛び去った場所に、スーツのジャケットが落ちていたのだ。男が着ていたものだ。

恐る恐る近づき、拾い上げる。

薄いグレーのスーツは池の水に濡《ぬ》れてはいたが、布地の手触りはとても良い。

よく見ると胸のポケットの内側に、白い糸でアルファベットが刺繍《ししゅう》されている。

K. Uryu――ということは、これがあの男の名だろうか。
混乱のあまりフリーズしかけた思考のまま、取り敢《あ》えず公園を出て、賑やかな公道に出る。駅は目の前だ。

車がせわしなく行き交い、ほろ酔い気味のサラリーマン集団が私のすぐ横を通っていく。

そこには普段通りの日常が広がっていた。

私の理解力は限界を超え、頭を抱えながら自宅の方向へと走っていった。

帰宅すると自室に籠《こも》り、布団の中で震え上がる。カチカチと時を刻む掛け時計の針の音だけが、やたらに静かな部屋の中で響く。

私はさっき、上野公園で何を見た……？

不忍池で目撃した一連の出来事を思い出し、起きたことを整理しようと努める。

「あれ幻覚じゃないよね⁉　何だったの、あの龍モドキ」

不忍池には、龍がいるという有名な言い伝えがある。

その昔、不忍池から龍が空に向かって昇り、大量の水や魚を池から巻き上げ、池から離れた住宅の屋根にも落としていったのだという。

でも本当は江戸時代に起きた、大きな竜巻が龍の伝説に置き換わっただけだとも言われている。

龍なんて存在しないはずだった。

――まさかあれが、あやかし？　お兄ちゃんが言う通り、あやかしが実在する……？

「だけど、どうしてあんな所にお兄ちゃんのスーツケースがあったんだろう……？」

何なのだ、一体何が起きているのか。

私は布団から飛び出て、兄の部屋へ向かった。

そもそも本当にハワイに行ったのか、今すぐ確かめる方法が一つあるではないか。

恐る恐る兄の机に近づく。

引き出しの一番上の段を開けて中を確かめると、なんと兄のスマホが入っていた。

「携帯置いたまま出かけたのか……」

激しく脱力しつつも、捜査を続行する。

震える手で二段目の引き出しを開けると、飛行機のイラストが入った紺色のポーチが目に入る。兄に詫《わ》びつつも中を開けると、果たせるかな探していたものが見つかった。

兄のパスポートだ。

「本当にハワイに行ってないじゃん」

これでは米国に入国どころか、日本を出国すらできない。スパムおにぎりは絶対に食べられない。

まさか本当に、隠世《かくりよ》に行った……？

それにしたって、なぜ荷物だけ不忍池にあったのか。

しかもあの龍はスーツケースを引きながら、兄の名を呟《つぶや》いていた。池に潜ったりして、まるで何かを探しているようではないか。

そんな、縁起でもない……。

頭の中が真っ白になりつつ、自分の部屋に戻る。

焦燥感に駆られながら、ベッドに座り込む。

——あの龍はどこに飛んで行ったんだろう。

池の西北に消えていったのだ。手元のスマホで地図アプリを起動する。

地図を眺めていると、公園からかなり西に行った所に、気になる名称の建物が表示されていた。有龍織物資料館だ。

聞いたことがない。小さな私立の資料館なのだろう。

有龍という名前が気になる。うりゅう、と読むのだろうか。

あの龍が置き去りにしたスーツに刺繍されている名前と、同じだ。

そうたくさんいる苗字《みょうじ》ではないし、龍という字は偶然にしては出来すぎている。

スマホを片手に、誰もいない家の中で一人、震えた。

呑気《のんき》な一人暮らし生活は、半日で木っ端微塵《みじん》に吹き飛んでいた。


明くる朝、私は大荷物を背負って真夏の道路を歩いていた。

「ああ、あちぃ。それに重い……」

夏真っ盛りの都内は暑い。

ビルの隙間を湿った熱風が吹く。朝からカンカン照りのお天道様と、コンクリートの道路の照り返しで肌が焦げそうだ。

背負った大きなリュックサックのあまりの重さに閉口しつつも、目指すは昨夜地図上で発見した資料館だ。

私は片手に提げた紙袋をグッと引き寄せ、気合を入れようと深く息を吸い込んだ。

上野公園の西側の、広い公道沿いを北上する。

目的地である有龍織物資料館までは、結構な距離があった。

「リュックが重くてもう、肩が陥没しそう……」

ひたすら北上し、一本奥の道に入ると、そこから間もなく目当ての資料館はあった。

広い敷地の周囲には、刈り込んだ低木の生け垣。

敷地に入ると地面のアスファルトは砂利道へと変わり、太陽が雲に隠れたのか、辺りが巨大な影に隠れるように暗くなった。

敷地の入り口から資料館までは、やけに背の高い木々が並んでおり、その一角だけは都内とは思えないほど緑豊かだ。

緊張に高鳴る胸を押さえるように、紙袋を胸に抱えこむと更に進む。

木々に囲まれているせいか、急に涼しく感じるし、湿度が上がったようだ。その上、パタパタと木々の葉を叩《たた》く音がして、雨が降ってきた。砂利道が点々と濃い色で汚れていく。

「また雨？　天気予報、全然当たらないじゃん」

毒突く私のこめかみに当たった雨粒が、頬を流れていく。

鬱陶《うっとう》しく纏《まと》わりつく霧雨に苛立《いらだ》ち、空を見上げる。明るい色の空にもかかわらず、局所的に墨の塊のような暗く分厚い雲が掛かっている。

黒焦げの煙の塊を思わせる暗雲が上空を流れていくのを見つめていると、ふと微《かす》かに記憶に蘇《よみがえ》る断片的な映像があった。

子どもの頃はよく兄と、お互い見えた不思議なモノの話をしたものだ。

空を厚い雲が覆い、雷が鳴る時。そんな天候の時、兄はしばしば興奮した様子で自分に見える奇妙なモノの話をしてくれた。稲妻が上空を走るたび、兄には雲間を泳ぐように飛んでいく、灰色の小さな獣達が見えたのだという。

二股《ふたまた》の尾を持った、小さな狼に似た躍動的な獣。

幼い私は、兄が指で雨雲の谷間を指して動きを追う時、私には見えないその優雅な生き物が、その一瞬だけ見えるような気がして、わくわくしたのだ。――しばらく忘れていた。

雷雨の日は兄と二人、家の窓辺に座っていた。いつからか忘れたけれど、兄を置いて私がそこから離れて行ったのだ。

私には実際には見えたことが一度もなかったけれど、兄には今も見えているのだろうか。

木立が途切れると、そこには一軒の立派な洋館が建っていた。

外国の大使でも住んでいそうな、重厚な白亜の屋敷。窓枠に至るまで、真っ白だ。

大きな家屋は二階建てで、玄関にはギリシアの神殿から切り取ってきたかのような、壮観な二本の柱が聳《そび》えている。豪邸と呼ぶに相応《ふさわ》しい。

私は勇気を総動員して、建物の入り口へと向かった。

建物の一階の真ん中部分にある大きな両開きの玄関扉の前には、木製のレトロな看板が掲示されており、「有龍織物資料館」と書かれている。

看板に載る開館日と時間を確かめる。閉館日は月曜日のみで、開館日——水曜日の今日の開館時間は、十一時とのことだった。腕時計を見ると、まだ十時過ぎだ。

「しまった、一時間も早かった……ちょっとここ、開館時間が遅過ぎるでしょ〜」

かと言って、ここで大人しく引き返すわけにもいかない。

私は少し後ろに下がり、声を張り上げた。

「どなたかいらっしゃいますか？　すみませーん！」

虚《むな》しいほどの静けさ。

いつの間にか雨も止んでおり、物音一つしない。

私は年代を感じさせる木の扉を、拳《こぶし》で幾度か叩いた。

「ごめんくださーい！　ちょっとお尋ねしたいことが……」

「おりますよ、ここに」

突然真後ろから聞こえた声に、私は短く叫びながら振り返る。

そこには腕組みをした男が立っていた。仕立てのいい、濃紺色のスーツを着ている。

（いつからそこに？　全然気配がなかった！）

唐突な登場と、目の前に立つ男の容貌《ようぼう》の両方に驚愕《きょうがく》する。

昨日池で見かけた男に似ているのだ。

とはいえ目の前の男は髪も格好良く整え、昨日のずぶ濡《ぬ》れの出《い》で立ちとは違い過ぎる為に、断言はできない。

けれどこの殺人的な猛暑にもかかわらず、男のお綺麗《きれい》な額には汗一つ滲《にじ》んでいない。毛穴が存在しないのか。

既にどこかで水浴びでもしたみたいに汗だくの私とは、大違いだ。せっかく一張羅のワンピースをクロゼットから引っ張りだして着てきたのに、リュックサックが当たる背中部分は汗で悲惨なことになっている。

彼は私が今まで会った誰より色が白く、それでいて瞳《ひとみ》は闇夜よりなお暗い黒色で、そのコントラストが酷《ひど》く印象的だった。目鼻立ちは大層整っており、切れ長の瞳といい、美形といって差し支えない。

こんなに人間離れした美貌《びぼう》の持ち主なら、聞かずとも人間ではないだろうと私は勝手に確信した。

私が秒で結論を下したころ、男が紳士的な声音で口を開いた。

「こちらに何かご用でしょうか？」

「ええと、ここって有龍織物資料館ですよね？」

緊張のあまり、目の前の看板を見れば馬鹿でも分かることを聞いてしまう。だが男はそつのない笑みを浮かべる。

「開館は十一時からとなっております。お待たせして申しわけありません」

実を言うと織物には興味の欠片《かけら》もない。そもそも織物資料館ってなんだろう。布をひたすら展示しているんだろうか。

「いいえ、そうじゃないんです。ちょっとこちらでお話を伺いたくて、お訪ねしまして」

私はじわじわと本題に近づくことにした。

「あの、私——、実は今兄を捜しておりまして」

男は形のいい眉《まゆ》を微かに寄せ、「私でお役に立てることがあれば」と言った。

私はスマホを手に持つと、兄の写真を選んで男に見せた。一番最近撮影した兄・大志の姿だ。

口に二枚のポテトチップスを重ねて咥《くわ》え、鳥の真似をしてソファで寛《くつろ》ぐ情けない写真だが、直近がこれなのだから仕方ない。第一、兄の写真など普段は滅多《めった》に撮らないのだ。

男はそのままスーツの広告にでも載れそうなほど、完璧《かんぺき》で柔和な微笑を浮かべたまま口を開いた。

「陽気なお兄様ですね」

「見たことはありませんか？」

「残念ですが、お見かけしておりませんね」

二人の間に静けさがやってくると、私は焦った。何か聞かなくては。

私は恥を忍んで切り出した。

「兄は少々変わっていまして。あやかしが見える体質だったんです。自称ですけど」

男はどこまでも上品に笑った。

「それは面白いお兄様ですね。私も、あやかしとやらを見てみたいものです」

（あなたもそのお仲間なんじゃないですか――!?）

「兄の彼女はあやかしだったらしいんです。……つかぬことを伺いますが、昨夜上野公園にいらっしゃいましたよね？」

「いいえ。昨夜は資料館におりました」

男は僅《わず》かな隙も見せず、さらりと否定した。そこへ直球気味の質問を投げ込む。

「でも不忍池で泳いでましたよね？」

男は涼しい笑い声を立てて、首を左右に振る。実に優雅な笑みを浮かべたまま。だが、一瞬その黒い目が金色に光ったように見えたのは、気のせいだろうか。

「まさか。そのような酔狂な真似は致しませんが」

あくまでもシラを切り通すつもりらしい。だが私には切り札があった。

紙袋を開けガサガサと中身を取り出すと、男に突き出す。昨夜不忍池で拾ったスーツのジャケットだ。

濡れていたし泥だらけだったので、わざわざ風呂場《ふろば》で手洗いまでした。

「このスーツは貴方《あなた》のですよね？　落とされたようでしたので、お返しします」

男の瞳はスーツには向かわず、相変わらず私を直視していた。そのあまりに和やかで、整い過ぎた容貌がやけに怖い。

美形の異様な圧迫感に負けじと、私は続けた。

「私見たんです。貴方が銀色の大きい龍《りゅう》に変身して、空に飛びあ……フガっ！」

突然男の手が伸ばされ、私の口を塞《ふさ》いだ。鼻ごと塞がれ、息が出来ない。

間近に迫る男を見上げると、彼は相変わらずの穏やかな笑顔のまま、さっきより二オクターブは低い声で言った。

「お前、とんでもない所を見てくれたな」

私は心の中で悲鳴を上げた。

大きな手が鼻ごと覆っているので、息一つ漏らせない。

「一応言っておくが、俺は龍じゃない。――大蛇だ」

物凄《ものすご》く低い声だった。

多分、人間の耳が感知できる最低の周波数じゃないだろうか。

そもそも龍だろうが大蛇だろうが、私にはどちらであれ普通じゃないから、大差ない。

「まさか見られていたとはな。しかもただの人間に。――お前もその陽気な兄と同じく、あやかしが見えるのか？」

私が暴れると、男はやっと手を離した。

正直両足が震えるほど恐ろしかったが、引き返すわけにはいかない。

とりあえず男は自分があやかしだと認めたのだ。ならばやることは、一つしかない。

すかさず私は背中からリュックサックを下ろし、チャックを大きく開けた。そこには酒瓶がギッシリと詰められていた。

私も昨日、あの後あやかしについて必死に勉強をしたのだ。兄の部屋で本棚を漁《あさ》り、参考になりそうな書物に片端から目を通した。

龍は悪いものではない。むしろ海や川、池の神が実体化した存在なのだという。昔の人はお供えを欠かさなかったとか。龍もお供え物と引き換えに、人々に水だとか繁栄をもたらしてくれるらしい。

ギブアンドテイク形式でお力を貸していただけるのなら、渡りに船だ。

「……おい、なんだその酒は？」

呆《あき》れた響きを持つバリトンの声が頭上から降り注ぐ中、私は男の足元に次々と酒瓶を並べる。

そうして、膝《ひざ》をついて頭を下げ、三つ指をついて——の予定だったが、地面が微妙に濡れていて服が汚れそうなので、それはやめた。代わりに行儀よく両足を揃えてしゃがみ、手と手を組んで縋《すが》るような眼差《まなざ》しを男に送る。

「水神様！　これ全部貴方様にお供えします」

どれも朝っぱらから酒店で購入してきたもので、日本酒の中でも人気があり、比較的高価な銘柄のものばかりだ。

男が完全に固まってしまったようだが、私は続けた。

「ですから、兄についてなんでもいいんです。ご存じだったらどうか教えて下さい！　兄が隠世《かくりよ》で何かやらかしましたでしょうか？」

男はようやく動くと、私が置いた酒のうちの一本を片手で持ち上げ、ラベルを見る。

どうやら興味を持って頂けたようだ。

私は意気揚々と酒の説明をし始めた。

「それは沖縄のお酒です。中に大きい蛇が入って……」

しまった、やらかしたのは私だと気づいた。

さっき男は自らを大蛇と言っていたではないか。お仲間の酒漬けをご提供してしまった。

焦って別の酒瓶に手を出す。とにかく大蛇の気を、他の酒に逸《そ》らさねば。

「こ、こちらのお酒は人間に大人気のものです。結構高い……」

今度はお供え物の価格をアピールしかけてしまい、またもや言葉を濁す。

男は酒を下ろすと、腕組みをして私を見下ろす。

「本当に全部くれるのか？」

「勿論《もちろん》です！　水神様」

すると男は私のリュックサックに酒を詰め直し、それを己の肩に掛けた。

（あれっ。――リュックごとあげるとは言ってないんだけどな……）

困惑しつつも、お供えを受け取ってもらえたので反論はやめておく。

ついでに男は落ちたジャケットを拾い、肩に掛けた。

ああ良かった、こちらも引き取ってもらえた、と私は安堵《あんど》した。恩着せがましく付け加える。

「一応洗っておきました！　池の水と泥で臭かったんで」

「…………。念の為聞いておくが、まさか洗濯機で洗ってないよな？」

勿論そんなことしていない。手触りからして、シルク混だと思ったし、タグを見たらイタリアの有名なブランドのものだったからだ。

水神様からはセレブな気配が漂っている。

「ご心配なく。バスタブで足で踏みつけて、丁寧に手洗い致しました」

あれっ、手洗いじゃなく足洗いか——？

どうでもいいことが一瞬頭をよぎるが、振り払う。買ったばかりのお洒落着《しゃれぎ》洗い用洗剤を使ったのだ。文句を言われる筋合いはない。

だが男の眉根《まゆね》が寄り、影が刻まれる。若干気分を害したようだ。

私は出来るだけ同情を買おうと、哀れっぽい表情を浮かべた。眉尻《まゆじり》を思いっきり下げるのがミソだ。

「水神様、お願いします。教えて下さい。ご存じなんですよね？　私の兄は今、どこに？

昨夜水神様が咥えて飛んで行かれたスーツケースは、兄の物だと思うんですが……」

男が軽く目を見開く。

「兄はあやかしの彼女と隠世に遊びに行く、と言っていたのです」

「全く、危ない所に行きたがる奴は、どこにでもいるな。そうか。お前、あの永沢大志とやらの妹か。……まあいい。色々手間が省けた。ついてこい」

男は少し考え込む仕草をした後、颯爽《さっそう》と歩き出した。慌ててその後を追う。

「どちらへ行かれるので？」

「公園だ。さっき話に出た上野公園」

歩き出した男が急に立ち止まった。

そのままこちらを振り向くと、私に正面から近づく。思わず気迫に怯《ひる》み、大きな木の前まで追い詰められる。私がそれ以上下がれなくなると、男は私の顔の横に手を出し、ドン、と木の幹に手をついた。

木と背の高い男に挟まれ、完全に萎縮《いしゅく》する。

彼の切れ長の黒い瞳《ひとみ》が、私をひたと観察したまま、ぐっと近づく。息がかかるほど、近い。

水神様のパーソナルスペースは、狭すぎやしないか。

「おかしいな――お前、微《かす》かに水の匂いがするぞ」

さっき雨に濡《ぬ》れたからだ、と私は思った。だが男はやや眉根を寄せたまま、続けた。

「間違いない。お前、妙なものに寄られている」

それは貴方のことでしょうか、と言いたいのを我慢する。

男は首を傾け、私の額に更に顔を近づける。彼の少し長めの髪が、風になびいて私の額に当たる。

「美味《うま》そうな匂いだ」

まさか水神は人を食べたりするのだろうか。下調べが甘かったかもしれない、と俄《にわ》かに焦る。

男の薄い唇の隙間から、歯が覗《のぞ》く。矯正歯科のポスターのモデルにもなれそうなほど、美しい歯並びが見えた――と思った次の瞬間、異様なものが私の目に飛び込む。口の端に、鋭利な牙《きば》のようなものが見えたのだ。その口から歌うような囁《ささや》きが紡がれる。

「良い香りだ。年代物のウイスキーのような。時を超えてなお現役の骨董品《こっとうひん》が持つ、美味そうな香りがする」

恐怖を超えてショックだった。

もしや加齢臭でもするのだろうか、と私は動揺した。まだ私、二十歳なのに……。

勇気を出してそっと押し退けると、男は手を木からするりと離した。

「それで、水神様は兄のことを何かご存じなのですか?」

「水神じゃない。大蛇だ。……というかその呼び方やめろ。有龍でいい。織物資料館で働いている有龍洸《こう》だ」

「ここは有龍さんの資料館なのですか? お若いのに流石《さすが》です!」

年齢はどう見ても私より四、五歳上なだけだろう。

「俺は単なる学芸員だ。資料館の管理者は母だ」

「私は永沢真穂です。上野に住んでる大学生です」

私も続けて自己紹介するが、有龍は無言で聞き流した。私の個人情報には興味がないのだろう。

「お前の兄はその彼女と、いつどこで知り合ったんだ？」

「兄は彼女――伽耶さんから、半年くらい前にナンパされたらしいです」

「積極的な女だな」

有龍は歩きながらスマホを取り出した。

そのまま誰かと通話し始める。漏れ聞こえる声から察するに、通話相手はどうやら男のようだ。有龍は電話相手の誰かに、今すぐ不忍池まで来いと言っているようだった。誰を呼んだのか。

上野公園の不忍池の前に辿《たど》り着くと、親子連れや観光客で賑《にぎ》わっていた。

普段通りの光景だ。昨夜はここに大蛇が浮かんでいたなんて、誰も想像しないだろう。

有龍が池の水面を見つめる。

「この池はあやかしがよく集まる。主がいないからな。あやかしにとっても公共の池なんだ。やってくるのは小物ばかりだし、基本的には俺の顔見知りだ」

「流石は大蛇様です！」

少し持ち上げておこうと合いの手をいれると、煙たそうな冷たい視線を向けられた。

「人間に化けるような大物なら、一度は耳にするものだが。少なくとも俺は伽耶という名を聞いたことがないな」

有龍が言うには、あやかしには縄張りや生息圏のようなものがあり、普通は特定の範囲を越えて活動できないのだという。

不忍池は堤防によって三箇所に区切られている。池を右手に見ながら、蓮《はす》が群生するエリアを通り過ぎると、有龍はボート乗り場まで歩き出した。

池のこちら側は蓮がなく、白鳥の形をしたボートが浮かべられている。蓮のエリアに比べると人が少なく、賑わいが落ち着いていて静かだ。

「目撃者を探してみるか」

有龍はそう言うと池の端で中腰になり、口を開いた。

「この辺で、大きな女のあやかしを見なかったか？」

「見てません。私が見たのは、有龍さんだけです」

私がそう答えると、有龍はどこか間の抜けた表情で振り返った。

「違う、今のはお前に聞いたんじゃない。河童《かっぱ》たちに聞いたんだ」

（えっ、河童？　河童がどこに？）

間の抜けた表情を浮かべるのは、今度は私の番だった。

有龍は少し驚いた声を出した。

「お前の『見える』力は不安定だな。こいつらが見えないのか？」

有龍の指差した先には、誰もいない。ただクルクルと風に煽《あお》られた枯葉が舞っているだけだ。単なる旋風にしか見えないが、どうやら何かいるらしい。

「仕方がないな。面倒だからちょっと来い」

有龍は私の腕を摑《つか》んで引き寄せると、背後に回った。そのまま狼狽《うろた》える私の肩を押さえる。

「な、なんですか？　何をするつもりですか？」

後ろに異常接近され、背中が総毛立つ。

次の瞬間、頭に強烈な痛みを覚えた。

「痛っ……！　えっ、な……」

手を振り上げると、有龍の頬に触れる。

信じられないことに、有龍は私の頭の上に歯を突き立てているのだ。それも、どうやら鋭利な歯を。

さっき見た牙を思い出し、ぞわぞわと全身の鳥肌が立つ。

すぐに身体を離すと、有龍はその整った口元を拭《ぬぐ》った。

「心配いらない。少し毒を入れただけだ」

「毒？　毒――!?」

騒ぐ私の肩を掴むと、有龍は私の身体の向きを変え、「よく見ろ」と囁いた。

思わず目を剝《む》いた。そこにはさっきまでいなかったはずの、奇妙な生き物がいた。

緑色の皮膚をした、五匹の河童が私達の前にいたのだ。

背丈は私の膝《ひざ》ほどしかない。だが手足は身長に比して長く、尚且《なおか》つとても細い。

伸び放題の雑草を踏みしめる足の指の間には、薄い膜のような水かきがある。

目を皿のようにして見つめ、絶句した後で、喘《あえ》ぐ。――コレが、河童？

一般的にゆるキャラやマスコットとして描写される河童とは、かなり趣が違う。頭に載った皿はコーヒーゼリーのような色。目も小さくてしょんぼりしている。

（ゆるキャラ独特の愛らしさは、微塵《みじん》もないし！）

精一杯称賛しても「キモ可愛い」が限度だ。本家本元の河童に勝手に失望させられていると、有龍が河童の近くに行き、語りかける。

「誰か伽耶という名のあやかしを知らないか？」

枯葉を手に遊んでいた河童たちが、一斉に答える。

「知らないなぁ。——でもその背中のお酒次第で、思い出せるかもしれない」

「ちゃっかりしてるな」

眉根を寄せると有龍は背負っていた私のリュックサックを下ろし、チャックを開けた。

そうして中の酒瓶を、池の端に並べ始める。

一番体格のいい河童がその骨ばった細腕を伸ばすと、並んだ酒の中から八海山《はっかいさん》を掴み、

「どれがいい？」

有龍を上目遣いに見上げた。

その場で有龍が開栓してやるなり、河童は両手で瓶を持ち、なんと酒を直飲《じかの》みし始めた。

長い嘴《くちばし》を瓶口に差し込み、傾ける。ゴクゴク、と小さな嚥下《えんか》音がし、河童の緑色の喉《のど》がそれに合わせて揺れる。

羨《うらや》ましくなったのか、一番小さな河童が酒を飲む河童の周りに纏《まと》わり付き、振り払われる。

河童はプハー、と息を吐きながら嘴を抜くと、嘴周りを手の甲で拭った。

「このところ、人型の女のあやかしをよく見たな。名前は知らんけどよ。前は見かけたことがなかった奴さ。そいつが通ると雨ばかり降った」

やや甲高い声で河童がそう報告すると、有龍は言った。

「それはうちの資料館で最近雇った、雨女の雨堂《うどう》さんだ」

平然と言われた内容に少なからず驚いて、有龍を凝視する。どうやらあの資料館はあやかしが働いているらしい。

有龍は私の視線を意に介する様子もなく、河童に更に尋ねた。

「特定のあやかしとよくいる人間の男を、見たことはないか？」

すると後ろにいた他の河童たちが、こくこくと首を縦に振る。動きに合わせてコーヒーゼリー色の皿の水が、チャプチャプ動く。

「おったよ！　デレデレした男が、その雨女と最近よくこの辺りを彷徨《さまよ》っているね！」

「何？　雨堂さん、彼氏がもうできたのか……。急にパーマをかけ始めたと思ったら」

どうも河童との会話は道筋が逸《そ》れて仕方がない。

痺《しび》れを切らし、スマホを起動させて兄の直近の写真を表示すると、河童達に見せた。

「この人があやかしの女性といるのを、見たことはない？」

　だが河童達は一斉に首を左右に振った。そのあまりの激しい勢いに、皿から細かな水《み》飛沫《しぶき》が周囲に飛ぶ。かかりそうになるので、思わず後ずさる。

「こいつじゃない。人間だったんだ。黄色い嘴なんてついてるはずないだろ？」

　河童にそう言われ、私は焦って写真の兄の口元を指差す。

「違う違う！　コレ、嘴じゃないの。ポテトチップスを咥《くわ》えてるの」

「ニンゲン、嘴ない！　河童、ある！　あやかしは賢いぞ！」

　あ、ダメだこりゃと私は悟った。

（河童、賢くない……）

　私がスマホを溜《た》め息と一緒にしまうと、有龍は続けた。

「ありがとう。参考になったよ」

　有龍が礼を言うと、河童たちはまためいめい枯葉を拾って去って行った。去り際にドサクサに紛れて、一匹が他の酒も摑んで持っていこうとしたが、有龍に言い咎《とが》められてバツが悪そうな顔を見せて逃げて行った。

「河童って、本当にいたんですね」

「昔からいるが、信じない奴には見えない」

「あのお皿に珪藻土《けいそうど》コースターを載せたら、どうなりますかね？」

「なんて恐ろしい女だ……」

その時、ガサガサと草を踏み鳴らす足音が聞こえた。

「やっと見つけた！　待ち合わせ場所を『不忍池』なんて、大雑把な指定しないでよね～！」

肩で息をしながら私たちの方にやってくるのは、派手な出で立《い》ちの男だった。彼は私に気づくなり、目を瞬《しばた》いた。

「あらっ、有龍ちゃん。女の子と一緒なの？」

男にしか見えないその人物が、女言葉で話すので少し動揺してしまう。

誰なのだろう。

説明を求めて有龍を見上げると、彼は私に言った。

「さっきの電話で呼び出したんだ。都庁職員の橘《たちばな》さんだ。都内の怪異現象の苦情処理を一手に引き受けている。都庁にある奇怪対策室にいる」

「機械対策室ですってば。奇怪じゃなく」

橘がすぐさま、訂正を入れる。

それにしても橘は随分派手な男だった。髪はどう見ても染めているかなり明るい茶色で、顔がとても小さくてスタイルがモデルのようにいい。

着ているシャツは緑と黄のストライプ模様が目に痛く、首からぶら下げている鎖状のネックレスはどこぞの工事現場から拾ってきたのかと疑ってしまうほど太い。

（役所の庁舎にいたら、つまみ出されそうだけど……）

「橘さんは実家が上野の大寛徳寺《だいかんとくじ》なんだ。本人は見えていないらしいが、超強力な守護霊が後ろについている」

そう有龍に言われてもまるで実感がない為か、橘は軽そうな笑みを浮かべ、肩を竦《すく》めた。

長めの茶髪が揺れ、ふわりと甘い香水の香りが漂う。

有龍が真剣な面持ちで尋ねる。

「橘さん、今朝渡した例のものをまた見せてもらえますか？　あれ、彼女のお兄さんのものかもしれないんです」

橘は少し驚いた表情を浮かべながら私を見た。

簡単に事情を説明すると、橘は真顔で頷《うなず》いた。

「こっちに来て頂戴《ちょうだい》。管理舎で保管してるのよ」

橘は私たちを引き連れて、公園を歩き出した。途中で公園の管理事務所を通り過ぎる。建物の表にいた初老の職員らしき男が、橘に気がつくと会釈をする。どうやら橘は顔見知りらしい。

そのまま上野公園の管理事務所の裏にある、小さな煉瓦《れんが》造りの建物へ向かった。

歩きながら有龍に尋ねる。

「どうして都庁の方が？」

「世の中には潰《つぶ》したらいけない河川とか、手出しご法度の家屋が存在する。そういうところを把握して管理するのも役所の仕事だ。俺は副業で、たまにその手伝いをしている」

どうやら都庁の仕事は、私が思っているよりも多岐に亘《わた》るようだ。

「都会には、人間相手に商売をしているあやかしもいる」

「まさか。ご冗談でしょう」

「冗談みたいだが、事実だ。時代と共にあやかし達の住処《すみか》や行動様式も変化していったんだ。特に都会の彼らは、人間と関わらずにはいられない。殆《ほとん》どヒトとして生きている奴もいる」

私達の会話が聞こえたのか、前を歩く橘が振り返って口を挟む。

「でも人間の世界に足を踏み入れているのに、ちゃんとこちらのルールを守っているあやかしは一握りよ。人間のテリトリーで好き勝手にされると、トラブルのもとなの。分かるかしら？」

「大丈夫か？　目が完全に泳いでいるぞ？」

私の困惑ぶりを察したのか、有龍が気遣わし気に顔を覗《のぞ》き込んできた。

私は橘の背中を見つめながら、声を潜めて有龍に聞いてみた。

「橘さんは有龍さんが大蛇だって、ご存じなんですかね？」

「知ってはいるだろうな。うちの資料館があった土地は、曰《いわ》く付きなんだ。役所もそれは把握している」

「曰く付きって何ですか？」

その質問に、有龍は答えてくれなかった。

橘は砂場に腰を下ろしたら一発で汚れるであろう純白のズボンのポケットから、鍵《かぎ》の束を取り出し、建物のドアを開ける。

中は物置となっており、彼は入り口付近から大きな荷物を――スーツケースを引きずり出した。

私には見覚えがあり過ぎるスーツケースだ。

星条旗柄のそのスーツケースのハンドルを握り、反転させて表を確認する。

その上部には小さなエッフェル塔のシールが貼られていた。兄が昔海外旅行に行く前に、私がいたずらで貼ったシールに間違いない。

アメリカにフランスの象徴貼るなよ！　と兄が苦笑していたのを思い出す。でも剥《は》がさない優しさが、兄らしかった。

「これ、やっぱりお兄ちゃんの物です！　どうしてここに⁉」

「──中を見てみる？」

橘はスーツケースを倒すと、私の返事を待たずにそれを開いた。

中は黒々とした水草でいっぱいだった。

「何これ？　水浸しだし、水草だらけ！」

艶々《つやつや》と濡《ぬ》れて光る水草をつまみあげると、光沢あるその表面からぼたぼたと水滴が落ちる。池臭いというか、生臭い匂いが鼻腔《びこう》を掠《かす》め、思わずウッと唸《うな》る。

兄のスーツケースの中は服や靴下、洗面道具に至るまで、びしょ濡れだった。

「池の傍に放置されていたのよ。しかも発見時は中身が全部出されて、綺麗《きれい》に列状に並べられていたの。おまけにネームタグには、あの有名な永沢大志君の名前が書いてあって……」

地味な大学生の兄が、有名なはずがない。そんな私の疑問を即座にくみ取ったのか、橘が付け加える。

「お兄様とは仕事先でしょっちゅう出くわしたのよ。向こうは私を知らないでしょうけど。あやかしがはっきり見える特異体質の人は、一応把握してるつもりなの」

兄の名はどうやら、機械対策室とやらのブラックリストに載っているらしい。

「妙だから、有龍さんに調べてもらったの。場所柄、この辺りはあやかしが多いからね」

だから有龍はあんな時間に池を泳いでいたのか。スーツケースを見つけて、他に何かないか池の中を探したのだろう。

困惑して青ざめる私の横で、どうしたものかと橘が腰に手を当てる。

これは何を意味するのだろう。それに兄は隠世《かくりよ》でこの荷物を使わないのだろうか。

「隠世に兄は行ってない、ということなのでしょうか？」

「分からん。買い足しているか、着のみ着のまま過ごしているか――その必要がないかのどれかだろうな」

焦燥感に包まれながらも、私は鞄《かばん》から伽耶と思《おぼ》しき人が写っている写真を取り出すと、橘に見せた。

「この写真、手ブレが激しくてちょっと見にくいんですけど……兄の部屋にありました。兄の恋人の伽耶さんじゃないかと思うんです」

「なんだか絶妙に被写体の顔だけ不鮮明ね。――これって手ブレなのかしら……？　この池は不忍池？」

私が答える前に、有龍が口を開いた。

「いや、違うな。角度から考えるにその池の幅は不忍池より小さい。どこか別の池だ」

この一枚からよくそこまで分かるものだ。やはり不忍池を泳ぎ慣れているのだろうか。

有龍はスーツケースの前に屈《かが》むと水草をつまみ上げ、ズボンのポケットにしまった。

「とりあえず所有者は判明したな。……コレ、持って帰るか？」

不気味な水草だらけで池の水で臭そうなスーツケースを、思わず見下ろす。

気がつくと私は首を左右に振っていた。

私の答えは想像通りだったらしく、二人とも無言で頷いた。

有龍は腕時計の時間を一瞥《いちべつ》すると、「しまった、開館時間を過ぎた」とぼやいて顔を顰《しか》めた。その後で私の肩をポンと叩《たた》く。

「状況は分かった。俺も少し調べてみる。それにお前の兄も、そのうちひょっこり帰宅するかもしれない。いずれにしても、人の手が及ぶ所にはいないんだ。待つ他ない」

反論せず黙ってスーツケースを見つめていると、橘が言った。

「心配になる気持ちは十分分かるわ。でもね、世の中にはあまり深く首を突っ込まない方がいいものもあるわ。これはそういう世界よ。貴方《あなた》も引き込まれてしまったら大変」

心許《こころもと》なく頷く私の肩に、有龍が再度手を置いた。

「危ないからな。一人であやかしをどうにかしようなんて、思うなよ。あと、家に帰る前にスーパーで塩を買うんだ。さっきから色んなものが見えてるはずだから、変なものを引き寄せるかもしれない。念の為肩に塩をかけとけ」

ゾッとする情報だ。全てのあやかしが無害なわけではないのだろう。

急に肩が重くなった気がして、手で触れる。

恐る恐る周囲を見渡す。公園の木の幹の根元に、子どもが立っているのが見える。でも何か違和感があり、気がつく。

頭の上から、猫の耳みたいなものが生えているのだ。

「あ、あそこ！　有龍さん、猫耳の男の子が……っ！」

橘が目の上に手の平でひさしを作りながら、「えー、どこぉ？」と目を細くして私の指の先を見つめている。

「小物まで見えるようになっているだろ。まあ、そういうことだから。気をつけて帰ってくれ」

そういうとその場を後にしようとする有龍を、引き止める。

「待って下さい！　この『見る力』ってどうにかならないんですか？」

このままの状態で別れられても。

「そのうち毒が抜けるから、心配いらん」

何でもないことのように、ヒラヒラと手を振ると、有龍は私と橘を置き去りにして、遠ざかっていった。

呆然《ぼうぜん》と立ち尽くす私に、橘が優しく何かを手渡してくれた。

それは塩入りのガラスの小瓶だった。ガラスに繊細な装飾が施されていて、可愛らしい。

「それ、あげる。そんなに怯《おび》える必要はないわよ。人の恨みとかつまんない呪いをもらってる人って、意外と多いのよ。殆どの場合はたいして効果もないし、何より気づかないのが一番の防御法よ」

見ても気づかないフリや、心でスルーしろということだろうか。とりあえずお礼を言う。

橘は水草が飛び出るスーツケースを管理舎に引きずりながら、呟《つぶや》いた。

「――あやかしと大学生の男の子のラブかぁ。いつの時代もあるもんねぇ」

その独り言に幾分か感傷的な響きがあるように聞こえたのは、気のせいだろうか。


翌日、一人で家にいても考え過ぎてしまうので、昼過ぎには家を飛び出した。

不忍池のほとりには屋台が並び、観光客達が美味《おい》しそうにイカ焼きにかぶりついている。

昼食は食べてきたのに、見ているとこちらまで空腹を感じる。

荷物を池に置き去りにしたことに気づきでもした兄が、スーツケースを取りに戻って来てやしないかと期待して来たのだが、そんな都合のよい展開はなかった。

がっかりして気力を失い、不忍池の傍にあるベンチに腰掛ける。

ぼんやりと池の方に視線を投げかけていると、大勢の人々が目の前を通り過ぎていく。

皆何か目的があって来ているのだ。

「私、ここで何してるんだろう」

思わず呟くと、スマホの着信音が鳴った。びくりと驚いてから、鞄からスマホを取り出す。

イギリスで父と合流した母から、メールが来たのだ。

こちらの様子を尋ねる母に対し、苦々しい思いで「至極順調」である旨を返信する。

送信が完了すると、私は深い溜《た》め息をついた。大嘘だ。

明日で兄が旅立ってから五日だ。

有龍が言う通り、兄は伽耶とどこかで楽しく過ごしていて、明日ひょっこり戻って来る気かもしれない。荷物は事情があって捨てて、今は隠世で新調しているかもしれない。そうだと信じたい……。

そう思って池を見つめていると、サワサワと芝を踏み締める音が間近で聞こえ、それは私の隣で立ち止まった。

「昨日は酒、ありがとよ」

小さな垂れた瞳《ひとみ》で私を見上げているのは、緑色の河童《かっぱ》だった。見分けが皆目つかないが、どうやら昨日八海山を飲んだ河童らしい。

それにしても、有龍の毒は全く抜けていないようだ。話が違うじゃないか。

河童はペトリ、とその細く濡れた手を私が腰掛けるベンチに載せた。

河童の後ろには、和服を着た涼しげな眼差《まなざ》しの金髪の青年が立っていた。細い鼻梁《びりょう》と引き締まった口元が、高潔そうな印象を与える。

一瞬外国の人かしらと思ったが、そんなことは取るに足らぬ疑問だと気づく。なぜなら青年の頭の上に金色の獣耳があったからだ。そもそも人ではないに違いない。

おまけに後ろには腰の辺りから顎《あご》の高さまで、何やらフサフサしたものが揺れている。金色で先の方だけは白っぽく、まるで毛並みのいい尾のようだ。

大きく扇状に横に広がり、数えると九本もある。

艶のある長い毛並みと厚みのある尾が重なり、物凄《ものすご》くフワフワしている。手触りがあまりによさそうで、猛烈に手を伸ばしてみたくなる。

私は自分自身に落ち着くよう言い聞かせながら、目の前の河童と青年を懸命に観察した。

河童は甲高い声で切り出した。

「お前の兄、見つかったか？」

まだだ、と首を左右に振ると、河童は背後に立つ青年を嬉々《きき》として指差した。

「河童は困ってるニンゲン助ける！　河童はイイ奴だからな。だから強くて頼れるあやかし、誠牙《せいが》さんを連れて来た」

すると誠牙と呼ばれた青年が、会釈をしてきた。

「初めまして。君、本当にあやかしが見えるんだねぇ。今時珍しい。私は九尾の狐の誠牙だ。よろしくね」

「九尾の狐……？」

その名称には聞き覚えがあった。

子どもの頃に旅行で栃木県の那須《なす》高原《こうげん》にある、殺生石《せっしょうせき》を訪れたことがあるのだ。

平安時代の京都に、人心を惑わし悪さを働いた玉藻前《たまものまえ》というあやかしがいた。絶世の美女で、時の帝まで籠絡《ろうらく》し、この世を手中に収めんと画策したが、その前に正体を見破られ、那須に逃げたのだ。

だが朝廷が派遣した討伐隊により倒され、今もその怨念《おんねん》だけはその地に残り、周囲を岩だらけの特異な景観にしている。

兄はあの時、殺生石に近づくのを嫌がり、私たち家族は入り口付近で引き返したのだった。殺生石付近は硫黄臭が凄《すご》かったから、それで気分が悪くなったのだろうと両親は言っていたっけ。

たしかその玉藻前の正体というのが、九尾の狐だった。そのお仲間なのだろうか。

誠牙は私の思考回路を読み取りでもしたのか、すぐにやや強い口調で説明を入れた。

「君たちの中では、九尾の狐はやたらと悪評ばかりが有名なようだけれど、狐は本来善良なあやかしだよ。惑わされないでほしいね」

その歌うように柔らかな声色と、それと対照的にいかにも矜持《きょうじ》が高そうな美しい薄茶色の瞳に気圧《けお》されそうになる。

河童は誠牙の足元で跳ねながら、言った。

「誠牙さん、上野ではコウと一、二を争う強いあやかしだぞ！」

コウ——たしか有龍の名前だ。

「……河童さんのお名前は何ていうの？」

「おいらは河童の太郎《たろう》だ。上野班の班長さ！」

上野付近にいる河童を、上野班というのだろうか。私も自己紹介する。

「私は真穂だよ」

「マホと太郎！　人間、たまにあやかしが見えて面白いやつ多いな」

太郎がその水かきがついた手を差し出し、握手を求める。私は思わず一瞬躊躇《ちゅうちょ》した後、おずおずと手を差し出した。

河童の手は予想通り、冷たくてしっとりとしていた。握手が終わると、誠牙が口を開く。

「半妖《はんよう》の洸と人捜しをしているというのは、本当かい？」

「半妖……。ということは、有龍さんは半分大蛇で、半分人間なんですか？」

「そうだよ。知らなかったかい？　彼の父が大蛇なんだ。受け継いだ妖力《ようりょく》が強過ぎて、現世では色々と苦労しているようだけれど」

そこでやや食い気味に太郎が割り込む。

「大蛇のコウ！　悪いあやかしは食べちゃう、泣く子も黙るあやかしだぞ！」

「えっ、有龍さんってあやかしを食べたりするんですか？」

何それ、コワっ！

人の頭に牙《きば》を立てるくらいだから、だいぶ人間離れしているとは薄々感づいていたけど。

誠牙は腕組みしつつ、口を開いた。

「あやかしの争いでは、そうして強いあやかしは更に強大になる。とりわけ洸は人からの依頼で、問題あるあやかしを食べたりしているからね。その妖力を取り込んで、見た目以外の本性はもう殆《ほとん》どあやかしといっても過言じゃない」

「それって、都庁の橘さんのご依頼のことですか？」

「橘にも会ったかい？　あいつは嫌いだが、お陰で洸がますますあやかしらしく、強く美しくなっているね。その点だけはお礼を言いたい」

誠牙は半妖の有龍が人より、あやかしでいるべきだと考えているのだろうか。

太郎が大きく頷《うなず》きながら言う。

「コウが来ると、悪くて強いあやかしはみんな逃げてく！」

歩く空気清浄機みたいな扱いだろうか。

「それって……有龍さん自身には害はないんでしょうか？」

「まあ、そのうち妖力が人にも気取られるレベルになれば、現世では生き辛《づら》くなるだろうね。大蛇の姿が見える者も増えるだろう。半妖の難しいところだよ」

飄々《ひょうひょう》として見えた有龍も、様々な悩みを抱えていたらしい。

誠牙の理知的な瞳がひたと私に注がれた。

「お兄さんがあやかしと失踪《しっそう》したというのは、本当かい？」

「兄は恋人と隠世《かくりよ》に行くと言ってたんです。あの、そもそも隠世って存在するんですかね？」

　すると誠牙は朗らかに笑った。気高くとっつきにくそうな瞳が、微《かす》かにおかしげに揺れる。

「勿論《もちろん》、存在するよ。現世と隠世は所々重なっていてね。境目はだいたいが川や池、海にあるんだ。そこから互いの世界を行き来出来る」

「あやかし道だな！　辿れば誰でも隠世に行けるぞ」

　太郎が食い気味に付け加え、私は「誰でも」と反芻《はんすう》する。

　だが誠牙は静かに呟いた。

「でも、あやかしの道案内がないと、隠世には行けない。それに人は現世に戻ってくると、隠世での出来事を一切忘れてしまうと聞いたことがあるね」

　兄は伽耶と一緒だから、辿り着けたかもしれない。だが忘れてしまったら、研究の役に立てようがないのでは？　そんな事を考えていると、誠牙がやや陰りを帯びた瞳を私に向けた。

「人は隠世に来るべきじゃない。すぐにお兄さんは帰るべきだね」

　すると太郎が補足説明をするかのように、キリリとした表情で口を挟んだ。

「誠牙さんは、鎖国派のズンケツ派なんだ！」

　純血のこと？　補足説明の解説を求めて誠牙の方を見る。

「両者はそもそも、深く関わるべきじゃない。隠世と現世の、独自の特徴が失われていってしまうからね」

「そうですよね……」

誠牙はあやかしと付き合っている兄を、遠回しに非難しているのだろう。

私が溜め息を吐くと、誠牙の目がはたと見開かれた。同時にピクリとその金色の耳が、こちらに向く。

「今気づいたよ。そうか、君、洸に毒を分けてもらったんだね。それも随分大量だねぇ」

「は、はい。お願いしたわけでは決してないのですが、何ぶん突然のことで……」

大量とは聞いていないけれど。嚙《か》まれた頭の天辺《てっぺん》を思わず押さえる。

「随分気に入られたんだねぇ」

頭の上に牙を刺される行為が好意から来ているとは、到底思えない。狐流の解釈だろうか。

「君のお兄さんが隠世に長居しなければいいけれど。初めてだと一週間もいると帰った後が大変だと聞いたことがあるよ」

「えっ？　それどういうことですか？」

「少し違うけれど、いわば時差ぼけのようなものかな。人が隠世に長くいると、再び身体がこっちに馴染《なじ》むのが大変になるらしいから」

「兄は五日の予定ですので」

そう伝えると、太郎は五日が分からないのか、小さな指を折って五を数え始めた。両手を同時に折っているので、幾つまで数えたのか途中で分からなくなり、何度も折っては首を傾げている。ちょっと間抜けだ。

河童はやっぱり、可愛いかもしれない……。

「誠牙さん、色々勉強になりました。太郎さん、教えてくれてありがとう。今度胡瓜《きゅうり》を持ってきてあげるね」

太郎はその場でピョンピョンと飛び跳ねた。頭の上の皿から水が漏れ、心配になった。

兄がいなくなってから五日目は悶々《もんもん》としながら、一日を過ごした。

兄は何時頃戻るだろうかと気もそぞろに過ごし、大したことは何もしなかったのに、やきもきし過ぎて夜にはかなりの疲労を感じていた。

居間で何度も時計を眺めては、窓の外を見る。

二十時の段階では、まだ希望は捨てていなかった。

今日と呼べる時間は、まだ四時間あるからだ。

（大丈夫。まだ時間があるもの。お兄ちゃんはきっと、もうすぐ帰ってくる）

だが時計の針が進むに連れ、希望は萎《しぼ》んでいく。

日付けが変わる三十分前になると、ついに私は兄をこれ以上待っても無駄なのだ、と悟った。

グッタリと全身の力が抜け、一人ガランとした家の中で呆然《ぼうぜん》とする。

「どうすんのよ――。なんで帰ってこないの⁉」

参った。いや本当に、参った。

兄が隠世から、帰ってこない……。

最早《もはや》、大蛇様にお縋《すが》りするしかない。

第二章　溺れる者は、大蛇をも掴む

土曜日に有龍《うりゅう》織物資料館に来てみると、開館直後からなかなかの盛況ぶりだった。

今日は正面入り口が開かれており、真っすぐに建物の中に入る。

内装は木目調で、とても広いが年季が入っており、歴史を感じさせる。

乳白色に鈍く輝くタイル張りの玄関ホールを通り抜けると受付があり、そこで入館料を支払う。受付に座っているのは、笑顔が素敵な和服の美女で、お釣りを受け取るのを忘れてしばし見惚《みと》れてしまった。

そこからは廊下がまっすぐに延びており、展示室が並んでいる。玄関ホール脇には資料館の沿革が掲示されていた。

引き寄せられるようにそこへ向かい、隅々まで掲示を確認する。

どうやら紡績業で成功を収めた有龍家の別宅跡が、この資料館らしい。大蛇の洸《こう》は紡績業と、どういう関係なのだろうかと首を捻《ひね》りつつ、中を進む。高い天井の為か、靴の音がコツコツと反響する。

第一展示室には繭や綿花など、糸の原料となるものが陳列され、かつて羊毛の手紡ぎに使われたスピンドルや糸車も置かれていた。どうやら糸の成り立ちを展示しているらしい。

実際に体験することが可能なようで、見学に来ていた二人組のお婆さん達が木の糸車の前に座り、動かしている。手で白い雲状の羊毛の束をほぐしていき、ボビンに少量ずつ絡ませていく。ペダルを踏むと、その動力で糸車に取り付けられた車輪のような形のはずみ車が回転し、撚《よ》りをかけられた羊毛が毛糸となっていく。

伸びたり切れやすい天然繊維が、こうして撚りをかけることで、丈夫な紡織用繊維へと変身するらしい。

お婆さん達が、楽しそうに右足でペダルを踏みながら、「足と手を同時に動かすのが難しい！」と笑っている。

その子どものように無邪気な笑顔に、私も好奇心が膨らんでいき心惹《こころひ》かれたが、本来の目的を思い出して素通りする。

その次の展示室も通過し、第三展示室に入った。

「いた――！」

思わず呟《つぶや》いてしまった。

ダイニングテーブルほどの大きさの機械がたくさん並べられたその空間の中ほどに、有龍がいた。

今日はグレーのスーツを着ている。涼しげな面立ちに、清潔感溢《あふ》れるスーツが大層お似合いだ。

彼は資料館に勉強しに来たらしき大学生風の女子二人組に、何やら展示物の説明をしていた。

手元のパンフレットを見ている振りをしながら、じりじりと近づいていく。

有龍は展示された機械を指差しながら、説明をしていた。

「ここにあるのは全て糸から布を作る、織機です。予《あらかじ》め張られた縦糸が交互に上下に動き、その間を糸を付けた杼《ひ》――今風に言うとシャトルが飛んで、横糸を張っていきます」

「学芸員さん、杼って鉄砲の弾丸みたいな形ね！」

「ええ、そうかもしれません。この形は左右に速く進むことを追求した結果でしょうね」

有龍は陳列台から杼を取り、彼女達にその細部を見せた。細長い木製の杼は、真ん中に糸が巻きつけられ、両端は尖《とが》っていた。たしかにその形は、丁度弾丸のよう。

有龍は微笑を絶やさず、展示物の解説を女子達に続ける。

「お二人とも高校の世界史の授業で『ジョン・ケイの飛び杼』を習われたと思います」

二人は一斉に笑って「覚えてなーい！」と言った。

「あ、でもぉ、子どもの頃蚊に刺されて、とびひになったことはある！」

キャッキャと黄色い声で笑う彼女達と共に、有龍は朗らかに笑った。

「それはとびひ違いですね。でもこの飛び杼も、かつては工場でしばしばオーバーランをして労働者に刺さったそうですよ」

「こわーい！　そんなの刺さったら大怪我しちゃうよぉ」

有龍はいかにして飛び杼が欧州において産業革命の起爆剤となったかを説明し始めたが、彼女達は実にうっとりと彼を見上げている。

多分、蘊蓄《うんちく》なんて聞いちゃいない。顔しか見ていない。

――誰もこの人が半分あやかしだなんて、思ってもいないんだろうな。

柔らかな物腰で博識を披露する有龍に、私は織機の陰から生温《なまぬる》い視線を投げる。

有龍が一人になったところで話しかけようと思っていたが、来館者達への説明が途切れず、タイミングがない。

仕方なく玄関ホール脇にある休憩室に入り、時間を潰《つぶ》す。

隅には昔ながらのアイスクリームの自動販売機が設置されており、釣られるようにその前に立つ。

「これ、懐かしいなぁ……」

子どもの頃によくスーパーの入り口で母にせがみ、買ってもらったのを思い出す。顔を綻《ほころ》ばせながら色々な味のアイスを眺める。

——お兄ちゃんはチョコミント味が好きで、私はシャーベット系が好きだったなぁ。

そう思い出すと、行方をくらましている兄を思い出し、気分が浮き立ったのも束の間、再び暗い気持ちに落とされる。兄は今、どこで何をしているのだろう。

バタン、と扉が閉まる音が背後で響く。

驚いて振り返ると、そこには後ろ手で扉を閉めた有龍がいた。

「何の用だ？　展示物も碌《ろく》に見ずに、俺を監視しながら館内中を追ってくるから、気になって仕方ない」

営業妨害だと言わんばかりのその不機嫌な表情に、少したじろぐ。

有龍は右手にオレンジを持っていて、それを大胆にも丸齧《まるかじ》りし始めた。思わず目を見張る。オレンジを皮ごと食べる人なんて、初めて見る。しかも果汁が滴ることもなく、有龍はそれを見事な速さで平らげた。柑橘《かんきつ》系の爽《さわ》やかな香りだけが、後に残される。

——流石《さすが》です、大蛇様……。

「あの、実は兄がまだ帰ってこないんです。予定日はもう過ぎているんですが」

「残念ながらこれ以上は役に立たないと思うぞ。昨夜不忍池《しのばずのいけ》にもう一度潜ったが、何も見つからなかった。付近のあやかしにも聞き込みをしたが、目ぼしい情報はなかった」

有龍が自分の知らないところで、兄捜しに手を尽くしてくれていたことを知り、驚く。

「有龍さん、ありがとうございます！　私の兄の為に……」

「お前の兄の為じゃない。酒をたくさんもらったからな」

「上野《うえの》公園の太郎《たろう》から聞いたんですけど、あやかし道というのがあって、それが隠世《かくりよ》に通じているんですよね？」

「太郎……？」

怪訝《けげん》そうに有龍が首をかしげる。

「先日お酒をあげた河童《かっぱ》ですよ。あの後また会ったんです」

「お前、人間のくせにあやかしに名前を尋ねたのか。随分変わった奴だな」

黒い瞳《ひとみ》を瞬《しばたた》いて、有龍は少し驚いた様子で私を見つめた。

「公園のあやかし道を通って、隠世まで兄を一緒に捜しに行ってくれませんか？」

有龍は一瞬目を見開き、直後に深い溜《た》め息をついた。そうして考え込む仕草を見せてから、言った。

「言い難《にく》いんだが、お前の兄は――恋人と駆け落ちをしたんじゃないのか？」

想像だにしなかったことを聞かれ、頭が真っ白になる。

「それに隠世に行くには、仕事を休まなくちゃならない。その損害はどう補塡《ほてん》してくれるんだ？　学生さん」

白い目で見下ろされ、追加料金が発生するようだ。

隠世行きには、反論できない。

有龍は自販機に歩み寄ると、クリームソーダ味のアイスを買った。そしてそれを私に差し出すと、言った。

「これ以上危ない道に首を突っ込むな。コレ食って帰れ」

何も言えずにアイスを受け取り、開封するでもなく立ち尽くす。有龍は私の横を通り過ぎ、仕事へと戻っていってしまった。手の中のアイスがただ、冷たかった。

有龍には袖《そで》にされてしまったが、ここで落ち込んでいるわけにもいかない。頼れるものはもう、全部頼るしかない。

目下、目の前には見たことすらない巨大な壁が立ちはだかっていたが、何もしなければ何も変わらないからだ。

あやかし道について有龍が協力してくれない以上、あとはその世界に詳しいであろう知り合いは、橘《たちばな》しかいなかった。

一時間後、私は大寛徳寺《だいかんとくじ》の前にいた。

しかも河童の太郎と手を繋《つな》いで。おまけに九尾の狐の誠牙《せいが》という、ご大層なおまけ付きだ。

太郎はスーパーのレジ袋いっぱいの胡瓜《きゅうり》を肘《ひじ》からぶら下げ、幸せいっぱいといった表情だ。スーパーのカゴの中にひたすら胡瓜だけを入れてレジに並んだ為、店員から私が向けられた視線はかなり痛かった。

あのスーパーには次回から行き辛《づら》くなったが、背に腹はかえられない。

「さて。お邪魔しましょうか」

隣の珍友に声を掛けてから、境内に足を踏み入れる。

誠牙は今日も和装だった。金色の髪と薄い紫色の和服が、意外にもとてもよく似合っていて、彼が境内を歩く様は実に風流だ。

橘の実家だという大寛徳寺は、いかにも都内にある中小の平均的なお寺といった風情で、それほど大きくはなかった。幅がやや狭い公道から砂利道が延び、途中に手水舎《ちょうずや》がある。奥にある本堂は小ぶりだが重厚だった。

立派なお寺ですね、と誠牙に言おうとした矢先、あれっと首を傾げた。本堂の後ろの景色が、微妙に歪《ゆが》んで見えるのだ。

幾度か瞬《まばた》きをして、本堂を見つめる。陽炎《かげろう》だろうか。正午近くになり、屋根の上の温度が上がり始めて、陽炎が起こりやすい条件が揃っているのかもしれない。

柄杓《ひしゃく》を手に、手や口を清めると太郎に尋ねる。

「橘さんは、本当にここにいるんだよね？」

太郎は大きく頷《うなず》くと、尖《とが》った嘴《くちばし》を前方に突き出し、スンスンと音を立てて周囲の匂いを嗅《か》ぎ始める。

太郎曰《いわ》く、河童は鼻がきくらしい。橘はあやかしへのお供え物も頻繁に持ってくるのだという。怠るとあやかしが悪さをするので、被害を未然に防ぐのが都庁の隠れた仕事の一つらしい。だから彼の匂いは、太郎もよく覚えているのだ。

正午近くという、外出には一番暑い時間にもかかわらず土曜日だからか、ちらほらと他の参拝客もいる。

だが太郎が警察犬よろしく、辺りを嗅ぎ回る必要はなかった。境内に入って間もなく、一人のド派手な人物に私たちの視線は吸い寄せられたのだ。それこそが鮮やかな蛍光ピンク色のジャージを纏《まと》った、橘その人だった。先日の彼の白いズボンと一緒に洗濯機で回したら、悲惨なことになりそうだ。彼は厳かで重厚な寺特有の雰囲気の中、非常に目立っていた。というか、雰囲気を一発でぶち壊していた。

「アレだ！　タチバナがいるぞ。あのキツい香水、間違いない！　河童の鼻は凄《すご》いだろ？」

「うん、そうだね……」

私も一発で見つけられたけど、という一文は心の中にしまっておこう。

太郎が興奮してスキップをしながら、橘の前まで向かう。ピシャッと頭の皿の水が周囲に散り、それに気づいた太郎が慌てて頭を押さえる。

生まれてこの方ずっと頭上に皿を持っているだろうに、そそっかしいものだと私は少し面白くなった。

誠牙は橘の存在に気づくと、手水舎の陰に身を隠してしまった。

「誠牙さんは一緒に来られないのですか？」

「あの男には、私が見えてしまうからね。それに私はあの男が、どうにも苦手でね」

やはりあまり橘をよく思っていないらしい。もしくは、奇抜なジャージの色が余程誠牙の気分を害したのかもしれない。

一方の橘は、非常に驚いた様子で私を見た。

「あらやだ、真穂《まほ》ちゃんじゃないの。どうしたの？」

橘は手にしていた箒《ほうき》を手放し、大股《おおまた》で私の方へ歩いてくる。

「突然お訪ねして申しわけありません」

「よく私がここにいると分かったわね？」

目を白黒させる橘の前で、私は前に立つ太郎を指差した。河童に道案内してもらったことを伝えるが、橘の視線は宙を泳いでいる。

「うーん、妖力《ようりょく》の弱いあやかしは、私には見えないのよ。……まぁ、そこに河童がいるのね。分かったわ――中でアイスコーヒーでもどう？　ここ駅から遠いから大変だったでしょ。この暑さだしね」

橘はそういうと私の返事も待たずに、本堂の手前脇にある、寺務所に歩いていった。

引き戸を開けた橘に続き、中に入るとクーラーがよく効いていて、とても涼しい。

外のべたつく湿気が嘘のように、快適だ。

太郎は嬉々《きき》として入った。

寺務所の中はデスクが幾つか並び、流し台や冷蔵庫もある。

壁際には段ボール箱が積んであり、開きかけの箱の隙間から、御守りや印刷物が見える。

入り口からすぐの所には、小上がりの畳コーナーがあり、円いちゃぶ台が置かれていた。

「ここに座って。遠慮いらないからね」

橘がチリメンの座布団を、さっと敷いてくれる。

適度に厚みのある座布団に腰を下ろすと、物凄《ものすご》く落ち着いた。歩き回って割と疲れていたことに、今気づく。

太郎は小上がりが登りきれず、両手を使って這《は》い上がろうと苦戦していた。仕方なく手を貸して上に引っ張る。ちょっと照れ臭そうに、太郎が顔をくしゃっとさせて笑う。

丁度そこへ、トレイにグラスとマカロンを載せた橘が戻ってきた。橘がそれをちゃぶ台に置くと、アイスコーヒーに浮かぶ透明な氷が、カランと音を立てる。実に涼しげで美味《おい》しそうだ。

橘が向かいに座る。

アイスコーヒーをいただくと、彼はマカロンも勧めてきた。

遠慮なく一口齧《かじ》ると、カリッとした食感に続いて、疲れた身体に糖分とアーモンドの芳《ほう》醇《じゅん》な香りが沁《し》み渡り、とても美味しい。

もぐもぐと咀嚼《そしゃく》しながら、美味しいマカロンを以前兄とホテルで食べたことを思い出した。

あれは確か、兄に連れて行ってもらったのだ。

（ああ、もう。今どこで何やってんのよ、お兄ちゃん……！）

「ところであれからお兄様はどうなさったの……？」

橘が髪をサラリとかきあげ、その中性的な細面をこちらに向ける。

私は兄がいまだ帰ってこず、隠世に捜しに行くことを、有龍に断られたと説明した。

橘は厳しい表情に変わったが、私にショックを与えないようにとの配慮からか、柔らかい声でゆっくり話し出す。

「あちらの世界に行かれてしまうと、私達からは手出しが難しいわね……。心配ね」

太郎は退屈し始めたのか、ちゃぶ台に座り、カリカリと胡瓜を齧り始める。やがてそばに置かれていた橘のコーヒーに興味を示し、覗《のぞ》き出す。

「橘さん、有龍さんって何者なんですか？」

「そうねぇ。これくらいは話しても平気かしら。有龍織物資料館で受付をやっている女性が有名な有龍産業の創業者のお孫さんなんだけど、その女性が有龍さんのお母様よ」

記憶を手繰り寄せ、驚く。

資料館の受付にいたのはとても綺麗《きれい》な女性で、年齢不詳だった。だがまさか母親だとは思わなかった。

橘はアイスコーヒーを少し飲んでから、続けた。

「有龍産業は大蛇の加護で事業に成功した、とも言われているわ。昔からあの地にいた大蛇に、織物を奉納して守《も》り立ててもらっていたの。でも、敷地内の池をある時埋め立ててしまってから、大蛇は現れなくなったのですって」

太郎は橘のグラスにその細く小さな指を突っ込み、アイスコーヒーをつついていた。少し小首を傾げた後、大胆にも、指先についた水滴を頭の皿に載せ始める。

色が同じだと気がついたのだろう。その光景に妙な感動を覚える。

「あの……橘さんがお仕事で有龍さんに何かをご依頼される時の報酬って、いくらくらいなのでしょうか？」

もし隠世《かくりよ》へ有龍に行ってもらうとしたら、どれくらい報酬が必要なのだろう。

少し躊躇《ためら》った後、橘は人差し指を二本立てた。それを受けて、私が喘《あえ》ぐ。

「二万、じゃないですよね。二十万ですか。そんなに……」

私が兄捜しでお供えした酒が、急にショボく思える。貯金を下ろしてこないと、隠世まで一緒に来てもらえないのか。

だが落ち込む私をよそに、橘は朗らかに爆笑した。

「やっぱり学生さんねぇ！　数字が一桁《ひとけた》違うわよ」

「えっ⁉　ということは……二百万⁉」

もう酒なんてお話にならないじゃないか。しかも、貯金を全額下ろしても足りない。

有龍にこれ以上頼みごとをするなんて、私の財力では無理だ。

──こうなったら、誠牙にお願いしてみようか？

橘は溜《た》め息をついてから続けた。

「有龍さんは悪さをするあやかしを、サクッと食べてくれるからね。本当は彼の妖力であやかしを弱らせて、徳の高いお坊さんに調伏してもらうのが理想なんだけど、前にお坊さんがし損じて逃げられそうになったのよ。……恥ずかしながら、私の父なんだけども。以来、有龍さんが手当たり次第に食べちゃうようになっちゃって。──まあ、下手に封じてもらったりすると、後で術や術具が経年劣化して、出て来ちゃう心配があるからそっちの方が安心ではあるんだけど」

そう言うと橘は、本堂の方にちらっと視線を流す。

窓から見ても、本堂の裏の青い夏空の一部が、陽炎のように揺らめいている。

「橘さん……、あの辺の空が歪んで見えるのですが、何かあるんですか？」

すると橘は目を丸くしてから、苦笑した。

「流石《さすが》ねぇ。裏には宝物殿があるのよ。その一部に、封じたあやかしが宿る剣やら絵巻があって。定期的に父が術を掛け直しているの」

前言撤回だ。全然平均的なお寺じゃなかったようだ。

「凄い宝物殿ですね」

「一部よ、一部！　あやかしは人が手作りしたものに封じ易いから、骨董品《こっとうひん》は使い易いの。作り手の念が込められているからね」

「知らなかったことがいっぱいです。少し兄に対する見方も変わりました」

自分が知らないところで、ずっと昔からあやかしは存在していて、一部の人々と時折衝突していたらしい。今まで見えなかった世界がどんどん広がり、明らかになっていくような気分だった。


寺務所を出る間際、橘は私にそっと耳打ちした。

「今日、河童《かっぱ》を連れてきているのよね？」

そうです、と言いつつ振り向くと、橘は幾分真剣な眼差《まなざ》しで私を見つめたまま、より一層小声で囁《ささや》いた。

「河童は単純だけれど、あやかしとの付き合いには注意が必要よ。彼らは人と同じようには付き合えないわよ。気を付けてね」

思わず手水舎にいる誠牙に視線を移す。

境内を出ると、橘の話が聞こえたのか、それとも私の心を読んだのか、誠牙が言った。

「私たち九尾の狐は人に長年、誤解されているんだよ。九尾の狐の本質は悪などではないよ。元は神聖なる瑞獣《ずいじゅう》だったのだから。怯《おび》えることはない。一方の話だけを鵜呑《うの》みにしてはいけないよ」

一旦《いったん》言葉を区切ると、誠牙は表情を陰らせて続けた。

「橘に有龍産業について、色々尋ねていたね？」

あの距離で聞こえていたのだろうか。耳を四つ持っているのは、伊達《だて》ではないらしい。

「有龍さんの家の池に、大蛇がいたんですよね」

「その大蛇が洸の父親だよ。——恩恵を受けておきながら、娘が大蛇と恋仲になったことに気づくと、その事実に恐れをなした当主が、池を埋め立ててしまったんだ。まったく、恩知らずなことだよ」

私は目を丸くして驚きを表した。

誠牙は自分の発言が与えた効果に満足したのか、滲《にじ》むように笑い、私の肩に手を掛けた。

「お兄さんのことは洸ではなく、私に頼るといい。もっとも橘が何かいい知恵を貸してくれればよかったんだがね。仕方がないね。——もし君が隠世に行きたいのなら、私なら油揚げで手を打ってあげるよ。いつでも不忍池で待っているから、考えておくといい」

——油揚げで……？　それならスーパーで三枚五十円じゃないか。

誠牙が単純に人間への親切心で言っているのかが読めず、動揺してしまう。

私は誠牙の手に強引に引かれるようにして、大寛徳寺を後にした。その手は妙に強くて、熱い気がした。

兄がいなくなって七日目の朝。

今日も午前中から、燃えるような暑さだ。夏らしいボーダーのカットソーを着ると、その下に涼しげな白いプリーツスカートを穿《は》き、家を出た。

照り付ける太陽に負けないくらいの熱い覚悟を胸に、上野公園を横切る。

そうして開館直後の有龍織物資料館に乗り込んだ。

今日も資料館につくなり、霧雨が降っている。天気予報は晴れだったから、局地的な雨だろう。雨堂《うどう》さんが才能をいかんなく発揮しているらしい。

都内とは思えないゆったりした敷地と、緑に囲まれた静かな資料館の前が、今日は意外にも騒がしかった。

四人組の女の子達がいたのだ。

皆お洒落《しゃれ》な服を着て、綺麗な顔をしている。お化粧もバッチリだ。

資料館に入る気はないらしく、入り口付近で朝からせっせと立ち話に花を咲かせている。訝《いぶか》しく思いながらも、彼女たちを横目に見やりつつ、また有龍に会うために入館する。入館料を払わないと彼に会えないシステムが地味に辛《つら》い。

有龍は入り口からすぐの、第一展示室の前の廊下にいた。

しかも見覚えのある人物と一緒にいる。

有龍が向かい合って立ち話をしているのは、柔らかな蜂蜜《はちみつ》色の髪に、異国情緒溢《あふ》れる顔立ちの男だった。

向こうも私とほぼ同時に、こちらに気がついたようだ。

身体を機敏に反転させると、そのオリーブ色の瞳《ひとみ》を片方だけ見開く。

「——あれっ、永沢《ながさわ》さん？」

「うん。冬馬《とうま》君……だよね？　ひさしぶり。どうしてここに？」

「永沢さんこそ！　それにしても高校時代から全然変わらないね？」

間違いなく、褒められてない。

有龍と話しているのは、高校時代のクラスメイトのヘッセン＝冬馬だった。家庭科の調理実習の際に、プリンをじっと見守ってくれていた彼だ。プリンの彼が、なぜここに？

私たちが知り合いであることに、有龍も驚いているようだった。

冬馬との薄い関係を説明すると、有龍は「世間は狭いな」と前置きしてから、冬馬と自分の関係を説明し始めた。

有龍と冬馬は従兄弟《いとこ》だった。有龍の母が、冬馬の母の妹らしい。

冬馬には高校時代当時から、親戚《しんせき》に人間国宝がいる、とかドイツ貴族の子孫だ、とか色んな噂があった。だがまさか従兄弟が半妖《はんよう》だなんて思いもしなかった。

身長の高い二人が並ぶと、相当な迫力がある。

「ちょっと問題が起きた。冬馬に調べてもらったんだが、この水草は不忍池には生息していないらしい」

有龍は片手に持っていたペットボトルを、ヒョイと私に差し出した。ラベルは剝《は》がされ、水の中に緑色の薄く長い水草が浮いている。

兄のスーツケースに入っていたものだ。

「スーツケースにぎっしり詰められていたから、気になったんだ。一応俺ももう一度不忍池に潜って調べたから、間違いない。それに冬馬はT大で理学部生物学科を専攻しているんだ」

知らなかった。まさかT大に入っていたとは。

冬馬が有龍に代わって続ける。腕を組んで壁に寄りかかる仕草が、なんだかカッコつけてて癪《しゃく》に障るが、実際カッコいいからぐうの音も出ない。

「これはミズニラだよ。都内では東久留米《ひがしくるめ》市の落合《おちあい》川にしか、見つかっていない」

「東久留米――？」

その地名に思わず驚く。それはとても所縁《ゆかり》のある場所だったから。

永沢家は私が小学生の時まで、東久留米市に住んでいたのだ。

動揺している私の前で、有龍がスーツのポケットから封筒を取り出し、冬馬に言った。

「お陰で色々と分かった」

冬馬がサッと手を伸ばして封筒を受け取り、中を覗《のぞ》いて確認する。その拍子に私からも諭《ゆ》吉《きち》の札束が見え、驚いた。

有龍はどうやら冬馬に報酬を支払って、水草を調べさせたらしい。しかも私のお供えより大金をあげている。これでは有龍にプラマイ・マイナスじゃないか。

冬馬は満足気に一度頷《うなず》き、軽薄そうな笑みを浮かべると、封筒を鞄《かばん》にしまった。

そうして蝶《ちょう》より軽そうな礼を有龍に言い、手を振る。

「じゃ、俺はこれで。外に友達待たせてるからさ」

それって、まさか入り口にいた素敵女子四人組のこと!?　――絶対そうだ。

冬馬が振り返りもせず、颯爽《さっそう》と資料館から出ていくと私は有龍に言った。

「有龍さん、うちは以前東久留米に住んでいたんです！　これ偶然なんでしょうか？」

「お前の兄と伽耶《かや》は、もっと前から知り合っていたのかもしれないな。いずれにしても、あえて不忍池に存在しないものを詰め込んでいる点に、メッセージ性を感じるな」

兄は水草になんて詳しくない。だとすれば、あの荷物を放置したのは、兄ではない。

「有龍さん、もう兄の帰宅予定日を二日も過ぎています。やっぱり隠世《かくりよ》に捜しに行けませんか？　これ以上、待ってるだけなんて駄目です！」

鞄から封筒を取り出し、突き出す。中には銀行で下ろしたての新札が三十枚入っている。

「足りないと思いますが、兄が帰って来たら更に上乗せしますので！　……兄が」

有龍が溜《た》め息をつき、その黒目がちな瞳が私から逸《そ》らされる。

乗り気ではないのだ。百七十枚ほど足りないからだろうか。

「前にも言ったが、……こんなこと言うのもなんだが、お前の兄と伽耶の駆け落ちの可能性はないのか？」

「兄はそんなキャラじゃないんです。母にお土産を買ってくる約束もしていましたし」

有龍がうーん、と首を少し傾けて唸《うな》る。あまり説得力がないようだ。

「たとえ隠世でも、家族が本当に困っているなら助けに行かないと！」

強い決意で見上げると、有龍は宙をじっと見つめた。

そうして私の肩に手を置き、正面から覗いてくる。その近さと目力の強さに、微《かす》かに緊張する。

「いいか？　あやかしには色んな奴がいるんだ。人に友好的なものも、無関心なものも、そうでないものも」

「――分かります。私も昔はあやかしが不気味で、見えていると思いたくなくて……」

私の肩に置かれた有龍の手が、微かに離れるのを感じた。慌ててつけ足す。

「あっ、でも今は違います！　だってほら、太郎は意外と愛嬌《あいきょう》があって可愛いし、有龍さんはご親切ですし」

「俺、親切か？」

面と向かって改めて聞かれると、言い出しっぺながら若干の疑問が湧かないでもない。言い淀《よど》む私を、有龍が「そこで困るな」と苦笑する。

だが有龍は深い溜め息をつくと、再び厳しい表情に戻った。

「そもそも俺は隠世に人を連れて行ったことなど、一度もない。物見遊山で訪ねるような場所ではないからな。向こうで何かあった時に、とても責任が取れない。そもそもまだ学生だろう？　親には言ったのか？」

後ろめたさから、微かに首を左右に振ると、有龍はそれ見たことかと言いたげに目をぐるりと回した。

「兄に何か不測の事態が起きた可能性が少々あるだけで連れて行けるほど、甘い所ではない。だいたい現世のように交番が点在している中で、人捜しができたりはしないんだ」

(やっぱり、ダメなんだ……)

がっくりと項垂《うなだ》れる私の肩から、載せられていた手が離れた。


しょんぼりしながら資料館を出ると、なんと冬馬が私を待ち伏せしていた。キラキラの女の子たちも一緒だ。

「永沢さん、どうして水草なんて調べてるの?」

「別に……ちょっと家庭の事情で」

こんなキラキラした女の子たちの前で、あやかしの話なんてしたくない。笑い飛ばされるのがオチだ。

「あの、この方達は?」

「ジャズサークルの友達。俺、ピアノ担当なんだ。今からライブで」

キャンパスライフを、華々しく謳歌《おうか》されているようだ。

「た、楽しそうだね……」

「人生楽しまなきゃ損でしょ？」

絵に描いたようなリア充男子に、一瞬目眩《めまい》を覚える。隠世に出かけた兄を大蛇と捜している私って、何だろう。

焦る私をよそに、冬馬は自身のスマホを取り出した。

「永沢さん、携帯のメアド教えて」

至極当然の流れのように聞いてくる。リア充って強いな。

久々に会った単なる昔の級友に、個人情報を聞けるアグレッシブさが眩《まぶ》しい。

人脈やコネを作るのが上手な人は、こういった契機を逃さないのだろう。感心すると同時に、やや鬱陶《うっとう》しく思ってしまう。

互いのアドレスを交換し終えると、冬馬は声を落として言った。

「永沢さんって、洸兄とも連絡先交換してるの？」

「えっ、してないよ。だからわざわざ開館時間に来てるんだけど……」

どうしてそんなことを聞くのだろう。こちらの反応を窺《うかが》うかのような、冬馬の意味深なオリーブ色の視線に、戸惑いを覚える。

「ふーん。そっか。永沢さんってさ、もしかして洸兄を狙ってるの？　分かるよー、滅茶《めちゃ》苦茶《くちゃ》イケメンだもんね。金も凄《すご》い持ってるし」

そんなんじゃない！　腹立たしい誤解に、自分の顔が上気していくのを感じる。

だが私が赤面するのを見て、冬馬が鼻で笑う。どうやら更に誤解されたようだ。

「洸兄は結構危ない人だから、気をつけなよ」

冬馬の隣にいた派手な女の子が、話に割り込んでくる。

「え～？　冬馬の従兄弟って凄いイケメンなのに、ヤバい人なの？」

「そうそう。たまにその辺の女捕まえて食ってるから」

「マジでー！　ちょっと食われてみたいかもぉ」

そこで笑い転げる女の子たち。

その食べてる女って、ニンゲンだろうか。違うという気がする。――多分本当に物理的に食しているのだろう。

冬馬は小さな声で私だけに言った。

「元クラスメイトとして、教えてあげる。洸兄には、かかわらない方が身の為だよ？」

「どうして？　なんでそんなこと言うの？」

お駄賃もらったくせに。つい、不快感を露《あら》わにして見上げてしまう。

「洸兄は俺達とは違う」

やたら甘いだけの冬馬のマスクが、少し陰りを帯びる。意味深に見つめてくるオリーブ色の瞳を見て、気づく。

冬馬は有龍が半妖だと知っているのだ。たまに小遣いをもらいながらも、内心ではその彼を異質なものとして排除している。

「本性知ったらきっと引くよ？　後悔する前に……」

「本性って何？　有龍さん優しいよ！」

そうだ。さっきどうして本人の前で断言できなかったのか。

上野公園で拾った有龍のスーツの冷たさが、腕に蘇《よみがえ》る。池の水は臭いし、実は持って帰るのを躊躇《ためら》った。

でもあの臭くて冷たい水の中を泳ぐのは、もっと嫌だったろう。でも有龍は池に潜ったのだ。それも二度も。見も知らぬ私の兄の為に。

半妖だからって、何も感じないはずはない。

途中で耐え切れず、人型を捨てて飛んで帰宅したのは、徒歩で戻るには苦痛すぎる状況だったからだろう。

どうして今まで気づかなかったのか。私の兄捜しをして、彼が得るものなど殆《ほとん》どないのに。スーツが臭かったなんて、なんて無神経なことを言ってしまったのか。

私の無言の動揺に、もう一押しだと思ったのか、冬馬は続けた。

「永沢さんって、彼氏いないでしょ？　もっと男知った方がいいよ？」

なんて失礼な奴なんだ。プリンも作れないくせに。しかも図星だったので、余計に腹がたつ。

「ねぇ、ライブ始まっちゃうよー、冬馬ぁ」

「じゃ、俺そろそろ行くから」

そう言い残し、女の子達を引き連れて木立を歩いていく。人生余裕綽々《しゃくしゃく》といった、軽やかな足取りだ。気がつくと私は、そのお気楽そうな背中に向かって声を張り上げていた。

「大きなお世話だよ！　私は有龍さんのことちゃんと知ってるから！　有龍さんは優しい人だからね！」

彼らは更に腹立たしいことに、それを聞いて爆笑して遠ざかっていく。

「大声でお褒めにあずかりまして」

急に背後から聞こえた声に振り返ると、入り口が開いており、そこには有龍がいた。

今の台詞《せりふ》を聞かれた——！

「すみません」

恥ずかし過ぎて、思わず有龍から後退《あとずさ》る。彼は苦笑しながら腕組みをした。

「謝る必要はないだろう。冬馬にも話したのか？」

「いいえ。冬馬君にまで相談しなくてもお兄ちゃんは……」

帰って来るだろうか。全然確信がない。というより、待っていても帰ってきそうな気が全くしない。

一気に気持ちが落ちこみ、言葉が続かない。その代わりに有龍が口を開く。

「仲がいいきょうだいなんだな」

「そうじゃないんです。別に仲良しだったわけじゃないです。ただ私、今通っている大学は国立の後期試験に合格して、どうにか滑り込めたんです。他は全落ちで」

急に放り込んだ話題に対し、それが何だ、と有龍が訝《いぶか》しげな視線を再び私に戻す。

「大学受験で次々に落ちた時、兄が急にホテルのアフタヌーンティーに誘ってくれたんです。凄く評判のいい所だったので行ったんですけど、兄と二人でのお茶なんて、会話もないしなかなか気まずくって……」

誘った割に、兄はアフタヌーンティーをよく分かってなかった。おまけにスイーツも紅茶も詳しくない兄の、高級ホテルでの無知全開な態度がむしろ恥ずかしかった。紅茶の種類が分からず、ダージリンファーストフラッシュを噛《か》みまくって注文し、焼き菓子のスコーンをチーズ味の駄菓子と混同して当惑していた。

気恥ずかしくて複雑な気持ちだったけれど、ホテルの高層階から見下ろした景色の素晴らしさは忘れない。落ち込みまくった心が、優雅な空間と美しい眺望をじっと見つめているうちに、少しずつ癒《いや》されていったのを覚えている。

あの時は認めるのが照れ臭かったけど、今思えば兄は私を慰めようとしてくれたのだ。

普段は頼りにならない兄が、本当に辛《つら》い時に寄り添ってくれた。

「だから、今度は私が兄の力になる番だと思ったんです」

「それは……」

「でも、もういいです。隠世《かくりょ》が危険なのは、よく分かりましたから！」

――危険だからこそ、どうにかしなくちゃいけないのに。

ようやく心を決めると、宣言する。

「誠牙さんが私を隠世に連れて行ってくれるそうですので、彼にお願いします」

「誠牙？　あいつとも知り合ったのか。いつの間に」

そう言うなり有龍は不機嫌そうに眉《まゆ》をひそめる。

「太郎が紹介してくれたんです。誠牙さんは力になって下さるそうですから」

そう言い残すとくるりと背を向け、走りだす。するとすぐに有龍が追いかけてきて、先回りして私の進路を妨害した。資料館の前庭を通る小道の上で、危うくぶつかりそうになる。

かなり不可解そうな表情を浮かべ、両腕を広げて通せんぼをしながら有龍が言う。

「嘘だろう？　誠牙が、お前を隠世に連れて行くと言ったのか？　まさか」

「本当です。だから通して下さい」

「そういうわけにはいかない。いいか？　あやかしとの約束は取引や契約になる。後で思わぬ代償を求められる。だいたいな、困っている時に出会って擦り寄ってくる奴を、信用するな。安易にホイホイ話に乗せられるんじゃない」

安易なんかじゃない。そう思って唇を噛み締めて有龍を見上げていると、彼は一度軽く自分の額を押さえてから、私を見下ろした。

「――分かった。仕方がないな。俺が隠世に連れて行ってやる」

本当に、一緒に来てくれる⁉

急いで鞄《かばん》から、さっきは受け取ってくれなかった封筒入りの謝礼を取り出す。

「真穂。よく聞け」

どきんと心臓が跳ねた。一歩遅れて、有龍に初めて名を呼ばれたことに気づく。

「まず、金はいらん。貧乏そうな学生から取り立てる趣味はない」

有龍が私の手の中の封筒を、押し返す。

「だが、向こうでは俺の指示に従ってもらうぞ」

「勿論《もちろん》でございます」

「それと絶対に俺の傍から離れるな。それと何も手がかりが見つからなくとも、日が暮れる前に帰るぞ。帰り道が分からなくなるからな」

「ありがとうございます！　私でできることなら、後で……」

何でもします！　と続けようとして、咄嗟《とっさ》に言葉を濁す。有龍自身に忠告されたことを思い出したのだ。有龍は正確には半妖《はんよう》だが、何となく後に引けない約束をするのが怖かった。

ごにょごにょ口籠《くちごも》っていると、有龍が不意に剣呑《けんのん》な眼差《まなざ》しを向けてきた。

「実はさっき、第一展示室前に雨女の雨堂さんもいたんだが。気づいたか？」

あそこにいたのは、冬馬君と私たち二人だけのはず……。私は首を左右に振った。

「やはりな。毒が抜けてきている証拠だ。あやかしが見えないと、隠世で不便過ぎる。毒をもう一度分けてやろう」

えっ――？

まさかと思ううちに、有龍に二の腕を掴《つか》まれ、引き寄せられる。

咄嗟に私は自分の頭を両手で庇《かば》った。

「待って！　頭はダメ」

訝しげに見返す有龍の口元から、いつもは見えない牙《きば》が見える。

「だって夏だし。今結構汗かいていて、臭いかもしれないから、恥ずかしいです」

急に毒気を抜かれたように有龍の表情から力が抜ける。

その直後、彼は薄く笑った。

「なんだ、可愛いこと言うな」

可愛い――？

狼狽《うろた》えていると有龍は私の手首を取り、にやりと笑った。

「よし、それなら腕でいいか？」

「腕だとこの時期、目立つから……」

「じゃ、腹か？　脱いでくれるつもりか？」

「違います！　す、スネとかいかがでしょうか？」

なんで私、牙立ててもらう部位の相談なんてしてるのか。

「スネは硬いから噛み辛いな。面倒だな。首にするぞ」

腕を断った理由、もしかして理解してない？

だが抵抗する間もなく、それこそ蛇みたいな素早さで有龍の腕が私の肩に回されると、力強く抱き寄せられ彼の顔が私の首元にぐっと迫った。

顎《あご》下に有龍の頭が当たり、髪が刺さる。

「いったぁぁぁぁっ!!」

それは猛烈な痛みだった。先日頭に感じたのがチクリ、だとすれば、これはグサリ、が近い。

冬馬に放った捨て台詞を、撤回したい。

今身体を離すと、まさに首の肉を持っていかれそうなので、ジッとしているしかない。

ようやく有龍が私から離れると、彼はシレッと言った。

「あ、悪い。なんかそれ割と目立つな」

恐る恐る指で自分の首の付け根に触れると、そこには二つの丸い穴が感じられる。

文句を言わずにはいられない。

「目立つし、痛いです！　前も思ったんですけど、もっと優しく噛めないんですか？」

「次は気を付けよう」

「次はないですから！」

必死に両手で噛み傷を隠しながら文句を言う。

有龍は全然悪びれずに笑っている。反省の色が窺《うかが》えないと言う他ない。

有龍は午前中いっぱいで資料館を閉めると、随分ラフな格好で出てきた。ポロシャツにデニムのパンツという組み合わせは、スーツを着たところしか目にしていなかった私には、かなり新鮮で意外だ。

デニムの大蛇様もなかなか――いや、凄《すご》く素敵だ。

二人で連れだって歩き始めると、急に恥ずかしくなった。

なんだか、デートみたいだ。

兄を捜しに隠世に行こうというのに、浮ついたことを考えてしまう。

「隠世に行く前に、向こうであやかしにやる撒《ま》き餌《え》を買っておこう」

「撒き餌ってなんですか？」

「現世に憧憬《しょうけい》を抱くあやかしは多い。普通はあやかし道のある場所周辺にしか住めないし、年月をかけて縄張りを広げていっても、たかが知れている。こちらの食べ物は、隠世では人気なんだ」

私たちはまず、アメ横に行った。

アメ横は、ＪＲの上野駅と御徒町《おかちまち》駅間にある大きな商店街だ。

賑《にぎ》やかな商店が大小ひしめき、両者の駅間は常に買い物客や観光客で溢《あふ》れている。平日だろうと雨の日だろうと、賑わっている。都内で、いや日本で一番人気かつ有名な商店街だと思う。鮮魚や衣料品、化粧品を売る店が軒を連ね、道行く人々に売り子達が引きも切らずに声を掛ける。

新鮮な海産物に、甘い菓子の香り。革製品のスモーキーな香り。通りを歩けば、実に雑多な香りが次々に押し寄せ、忙《せわ》しい。

ここでぼんやり歩くのは禁物だ。スリも多いし、何より商売上手な売り子さんたちに乗せられて、気づいた時には食べる予定のない大量のチョコレートやイクラを両腕にぶら下げている羽目になるから。

近年は国際化が顕著で、見慣れない野菜や肉を売る店も増えてきた。特にアジア系のお店が揃うビル地下もあり、そこに入るとまるで異国に迷い込んだ気分になる。

私達は昼食代わりに、ケバブを齧《かじ》った。アメ横は路上で飲み食いしている人が実に多い。チーズハットグを手にしている人や、両手に串刺《くしざ》しパイナップルとタピオカミルクティーを持って歩く狐も……狐？

気づけばアメ横を歩いているのは、人だけではなかった。

よく見れば、ピンと尖《とが》った茶色いフサフサの耳を頭上に付けた者たちが、たくさんいるではないか。

これも有龍の毒のせいだろうか。

狐耳のおばさんが、鮮魚店の売り子と鮪《まぐろ》のサクの値引き交渉をしている。売り子は耳に気づいていないのだろうか。

「有龍さん、なんかここ狐がたくさんいませんか？」

「まあ、稲荷町《いなりちょう》も近いしな。狐は人に化けるのが上手《うま》い。その上現世暮らしが長くて、ほとんど人と同化していて、家庭を築いている狐のあやかしも多い」

そう言えば狐の嫁入り、なんて昔話もあったっけ。

「皆さん耳が茶色いですね。誠牙さんは金色でしたけど」

「ああ。誠牙は江戸時代の生まれらしいからな」

誠牙の長生きぶりに驚いていると、有龍が説明をしてくれた。

「何も全ての狐のあやかしが年寄りなんじゃない。狐にも天狐、空狐、野狐……といった具合に色んな種類があるし、色も毛並みもそれぞれだ。まぁ、見た目がいいのは九尾の狐の特徴なんだろうな」

「誠牙さん、綺麗《きれい》ですもんね。――大蛇もやっぱりイケメン揃いなんですか？」

えっ、と真顔で振り返られ、自分の質問の恥ずかしさにようやく気づく。面と向かって本人に「有龍さんってイケメンですよね！」と言ったようなものだ。

「なんでもないです！」

有龍が何か返事をする前に、これ以上その話題が続くのを止めた。言ってしまったことはもう取り消せないのだが。

第三章　かくりよ

アメ横の菓子専門の卸問屋で大量に菓子を買い込むと、私たちは上野《うえの》公園に向かった。

「世界はたとえるなら、一枚の大きな織物だ。こちらの世界と重なり合うように存在している隠世《かくりよ》は、丁度現世に被《かぶ》さる織物のようなものだ。経糸《たていと》が時間だとすると、横糸は人の営みで、その積み重ねが歴史という壮大な織物を作るが、時折糸切れや折り目が飛ぶことがある。そういった手違い箇所が、あやかし道として現れる」

有龍《うりゅう》はそう言うと、上野公園の敷地内を早足で歩く。

「あやかし道は、池や海といった水場や、森にあることが多い。だが池にこの時間に飛び込めば、通報されるからな。隠世と繋《つな》がっている最適な場所が近くにあるから、そこのあやかし道を使おう」

不忍池《しのばずのいけ》から遠ざかり、階段を上がる。そのまま公園内を西進する。

緑豊かで広大な園内には、縦横にアスファルトの歩道が通っている。

木々が多く茂り、細い道が入り組むそのエリアは、大道芸人達がちらほらといて、通行人の視線を集めていた。

やがて私達は神社の入り口の、大きな石の鳥居の前に出た。その先は赤い鳥居が一定の間隔で幾つも連なり、長いトンネルのようになっている。

「この神社は異界と繋がる場所として、その界隈《かいわい》では有名なんだ。上野は古今東西、種類を問わず色々なものが集まりやすい場所だ。日本の中でも、とりわけあやかし道が多い」

有龍の後に続いて、トンネルのように幾つも並んだ鳥居の入り口に立つ。

何気なく辺りを窺うと、近くの木に寄りかかり、腕組みをして私達を見つめる者に気がつく。

誠牙《せいが》だ。

彼は何かもの言いたげに、けれど感情を見せない瞳《ひとみ》をこちらに向けている。

後ろに誠牙がいる——そう言おうと口を開きかけた時、不意に有龍が私の手を握った。

しかも指と指を絡ませるような、恋人繋ぎだ。突然のことに心臓が暴れ、熱くなる。驚きのあまり腕を引きたくなる衝動を、なんとか抑える。

沈まれ、私の心臓。

「鳥居の先の、一点に集中してくれ。閉じていく空間の、その先を意識するんだ」

遠近法のなせる業で、鳥居は奥に行くほど小さく見える。その一番奥に目の焦点を絞る。

「いいか？　絶対に離れるなよ」

前を向いたまま、有龍が手を前方に掲げる。すると周囲の木々が急に揺れ、風でも吹いたように葉が一直線に向きを揃えた。

風で毟《むし》り取られた葉が一斉に鳥居をくぐり、あっという間に赤いトンネルの奥へと運ばれていく。無数の葉は一直線に鳥居の中へと吹き進んで行き、まるで鳥居の中へと私たちを誘《いざな》っているようにも見える。

髪の毛が散々に弄《もてあそ》ばれ、思わず片手で押さえるがあまり効果はない。

「行くぞ」との掛け声とともに、有龍が走り出す。引っ張られるようにして私もついていく。

そうして赤い鳥居の連なる長い道を、二人で駆け抜けた。

鳥居が並ぶ道は下り坂で、石畳の階段を下りると、そこから更に鳥居の道が続いている。

次々と鳥居を走り抜け、荒い呼吸で顔を上げれば赤い鳥居はまだまだ先へと延びている。

「ここって、こんなに長かったでしょうか？」

隣の有龍から返事は戻ってこない。

ふとパキパキと、背後で枝が折れるような音が聞こえた。

何気なく後ろを振り返ると、私は声にならない悲鳴を上げた。

赤い鳥居が道の中央目掛けて、まるで生き物のようにうねりながら動き、倒れ込んでくるのだ。

たった今私が通って来た道が、塞《ふさ》がっていく。

追いつかれたら最後、ギッシリと密集する鳥居に押し潰《つぶ》されてしまうだろう。

あまりの異常事態に足が震えるが、閉じていく鳥居に追い立てられるように先へと進むほかない。

恐怖に一層足が速くなる。

不意に道が途切れ、私たちは木々に囲まれた広い場所に出た。

激しい息切れの中、急いで振り返ると、後ろにあるのは太く大きな鳥居が一つだけ。周囲の木々から差し込む線状の木漏れ日が、幾筋もの光となって鳥居に降り注いでいる。

「通ってきた鳥居がなくなってる！　あんなに走ったのに」

「なくなったのは鳥居だけじゃないぞ」

有龍は私の手を引いて、不忍池まで歩き出した。

いや、不忍池かと思いきや、どうも様子が少し違う。遊歩道がないのだ。それに、池の中程にある八角形の弁天堂《べんてんどう》が、妙に小ぶりに見える。

そして池の向こうに見えるビル群が妙に低い。さらに驚いたことに、本来東京の新しいシンボル、スカイツリーが見えるべき場所に、作りかけにしか見えない残念なほどに低い塔が建っている。

東京なようで、東京じゃない。どこか異質な空気を隅々から感じる。

「着いたよ。ようこそ、隠世へ」

「ここが……？　現世に凄《すご》く似てますね」

「勿論《もちろん》だ。互いに重なり合っているから、影響を与えあっている。隠世の方が総じて遅れているが」

一見東京に見えるが、よく見ると何かが少しずつずれているように、私が知っている姿とは違う。まるで同じ場所に、タイムスリップをしたような。

それに気のせいだろうか、空が低いように感じる。いつもより圧迫感があるのだ。季節は同じなのか、とても暑い。

有龍に連れられて公園を抜けようと歩いていると、突如大きな柱に衝突しそうになった。

公園の出口付近に、大きく太い真っ赤な色の柱が建っているのだ。

邪魔だし、なぜか毛のような物が生えている。

頭を上に動かし、柱の上部を目で辿《たど》り、見上げた。

それが柱などではないことに気づくと、私は心の中で悲鳴を上げた。恐怖が行き過ぎると、声すら出ないと知る。

私の目の前にあるのは、柱ではなく鬼の足だった。それも途方もなく巨大な鬼の。遥《はる》か上に短パンを穿《は》いた腰が見え、もう片方の足も公園を出た道の先に見える。腰から下が馬鹿になったみたいに力が抜けてしまい、立てない。あまりの恐怖に有龍にしがみつく。

「有龍さん、これ、赤鬼の足です！」

私の興奮はどこ吹く風、といった様子で有龍は気にも留めない。そうだな、とおざなりな相槌《あいづち》を打つ。

「物凄《ものすご》くデカイです！　ふ、踏まれたら死んじゃう」

「――しがみつくな。これでは全く動けない」

言われてハッと我にかえる。私はまるで抱きつくように有龍にしがみついているではないか。

「すみません！　つい怖くて……」

まるで恥じらいがないと思われたかもしれない。

急いで身体を離し、有龍と一定の距離を置くが、怖すぎて手だけは彼から離せない。

怖い。私の世界じゃないところに、来ているのだ。

有龍は小刻みに震えて彼の腕に摑《つか》まる私の手を見下ろして、呟《つぶや》いた。

「悪い気はしないが、少し痛いぞ」

力を入れ過ぎたようだ。慌てて手を離し、後ずさる。すると彼は私の手首を摑み、逆に引き寄せた。心臓が跳ねる。離れろといったり、くっ付いてきたり。何なのだ。忙しい。

「離れるなと言ったはずだ。危ない」

有龍は私の手を引いて公園を出ると、道路を渡った。通りには現世の上野と同じく、たくさんのビルがひしめいている。

だがやはり建物が本物の上野より、古いし狭い。ビルは最大でも五階建てくらいだし、外装もどこか古めかしいタイル張りだったり、あまりオシャレ感のないコンクリートの打ちっ放しだ。

看板に書かれているのは全て漢字で、そこに強烈な違和感を覚える。日頃目にする看板には、いかにアルファベットが多かったかに、今更気づかされる。

違和感から道路を注視してみれば、アスファルトではなくどこかレトロな石畳だし、車線が一切引かれていない。そもそも車というものが、通っている様子がない。

気づけば私は大口を開けて、目を皿のようにして目の前の光景を凝視していた。

道路の向こうからやって来るのは、明らかに人ではない。頭から牛の耳を生やした男が、人力車を引いているのだ。

牛男に度肝を抜かれている私の横を、赤々と燃える台車が駆け抜けていく。

火車というやつだろうか。猛烈な熱気と火の粉をまき散らして遠ざかり、熱さに思わず顔をしかめる。

驚愕《きょうがく》しつつも震える手で、持参していたメモ帳片手に逐一、自分が見た光景を書き連ねていく。現世に戻って忘れてしまっても、覚えていられるように。

「隠世だ。本当にあるんだ……」

今まで自分の中で否定してきたものの中に、むしろ自分自身が異質な存在として突如放りこまれている。それは天地がひっくり返るような困惑と衝撃だった。

呆然《ぼうぜん》とする私を連れて有龍はまず、ひと際目立つ大きなビルに向かった。

一階には文具店があり、そこに入っていく。あやかし達に人間だとバレないか怖くて、有龍の陰に隠れるようにして進む。

店内は照明の性能がいまいちなのか、薄暗かった。見上げれば天井付近の壁にズラリと天狗《てんぐ》のお面が飾られており、見張られているようで落ち着かない。

はたきで商品を綺麗《きれい》にしていた店員に近付くと、有龍が声を掛ける。

「すみません、ちょっとお尋ねしたいんですが」

振り返ったあやかしは、天狗のお面をつけていた。

有龍に促された私は兄の写るスマホ画像を天狗に見せ、最近見かけなかったかを尋ねる。

店員はしばらくの間画像を遠ざけたり、近づけたりしてじっくりと観察した。その様子を見ているうちに、それがお面ではなく本物の天狗なのだと気づき、目を見張る。

結局天狗は兄に見覚えがないようだった。まだ一軒目とはいえ、密《ひそ》かに落ち込む。

落胆して外に出ると、有龍が言った。

「どんどん聞いていくしかないな」

飲食店や青果店。一見すると現世とあまり変わらない店がある中、外観からは何を売る店なのか分からない店も散見された。

黒い木造の二階建ての建物には、なぜか大行列が出来ていた。奇妙なことに、建物には窓が一切なく、一階に小さな朱塗りの扉が一つあるのみ。

「あそこは何なんですか？　大人気ですね」

「あれは夢屋だ。見たい夢を、獏《ばく》が見せてくれる所だ。もう会えない大切な存在や、忘れてしまった過去の風景を求めるあやかしが、連日列をなす」

建物沿いに続く行列を横目に通り過ぎながら、有龍に尋ねる。

「獏ってアリクイみたいなのですよね？」

「それ多分、色々混同しているぞ。現世に帰ったらまず図鑑から見直してくれ」

呆《あき》れたその様子に、馬鹿だと思われた恥ずかしさで顔が熱くなる。急いでメモ帳に「アリクイとバクを調べる」と書き、見落とさないように大きく丸で囲む。

少々傷ついて大人しく歩いていると、美容室から出てきた馬面の男に声を掛けられた。

比喩《ひゆ》的な意味で馬面なのではなく、馬の顔をした男だ。つまり、首から上が馬だった。

意外と精悍《せいかん》でカッコいい。なんだか私の感覚もおかしくなってきたみたいだ。

「お嬢さん！　うちの店でカットモデルやらないかい？」

勿論、隠世《かくりよ》で散髪する予定はない。

丁重に断ると、馬面はさも残念そうにブルルと溜《た》め息をつく。

だが次の瞬間、馬面は大きな鼻の穴をぱかっと開け、不意にその茶色の瞳《ひとみ》を見開いた。

「あれっ、ニンゲン！　お嬢さんニンゲンだろ？　俺鼻がきくんだよ」

馬面が鼻息荒く私を覗《のぞ》き込み、私の顔面に生温かい鼻息がかかる。

「こいつは俺の獲物だ。構わないでくれ」

有龍が私と馬面の間に身体を割り込ませ、私を馬面から引き離す。すると馬面は突き出していた頭を、ヒョイと引っ込めた。

「なんと、そりゃ失礼。しかし今時ニンゲンを食べるなんて、兄ちゃん贅沢《ぜいたく》だね。嫁にした方が賢くないかい?」

「ご忠告ありがとう。ところで最近他にニンゲンを見なかったか?」

馬面がたてがみを靡《なび》かせながら、首を左右に振る。

馬面は尚《なお》も鼻の穴を盛大に動かしながら、私を凝視してきた。

「お嬢さん、いい匂いがするなぁ……」

更に一歩近づいてきた馬面から私を遮るように、有龍が割って入る。彼はアメ横で買った菓子を馬面に差し出した。

「うおっ!　現世の食べ物か!?　しかも静岡県限定の抹茶味じゃないか!」

「やるから、カットモデルは別を当たってくれ」

菓子に嬉々《きき》とした馬面は、片手を上げて別れると次の客を探しに離れていった。

私は隣を歩く有龍を見上げた。特段何の感情も窺《うかが》えない、漆黒の瞳が私とぶつかる。

「あの……獲物って何です?」

「人は自力では隠世に来れない。あやかしが人をここまで連れてくる目的は、普通はさっきの二択しかない」

私はそのどちらでもないと信じていいだろうか。

私たちは歩きながら、かなりのあやかしに声を掛け、兄のことを尋ねた。

だが知っている者は一人もいなかった。

スーツケースが不忍池にあった以上、兄もあの近くのあやかし道を通って隠世にきたはず。

だとすればこの辺りに到着したに違いないのに、手がかりがない。時刻も夕方近くになり、私たちは次第に焦り出した。

歩き過ぎて足が棒になった頃、私は道端であまりの疲労に立ち止まってしまった。膝《ひざ》に手の平を押し付け、少し屈《かが》んで大きく息を吐いた。そのままパンパンになった腿《もも》を、拳《こぶし》で数回軽く叩《たた》く。

「疲れたか？　そろそろ引き上げようか？」

顔を上げると有龍が私を心配そうに見下ろしていた。

「すみません。かなりの距離を歩きましたよね。散々振り回してしまって……有龍さんもお疲れですよね」

相当な時間と距離を一緒に来てもらった。これ以上わがままを言うのは、憚《はばか》られる。

だが有龍は涼しい顔で首を振った。

「構わない。俺はかなり頑丈にできているからな。ここまで来たんだ。真穂《まほ》が満足するまでいくらでも付き合おう」

　その言葉だけでも、物凄く有り難い。孤独に戦っているつもりだった私の心に、染み渡る。

「ありがとうございます。大蛇様は、情が厚いんでしょうか？　有龍さんは、お優し過ぎです」

　そんなに優しくされると、私みたいな未熟者は、勘違いをしてしまう。本当に困っている今は、特に。

「何か問題があるか？　それに大蛇が誰にでも親切だと思ったら、大間違いだぞ」

　苦虫を嚙《か》み潰《つぶ》したようにそう言うと、有龍は一歩近づいてきた。

「もう少し、粘るか？　日没までまだ時間はある」

　はい！　と私は大きく返事をすると、気合を入れる為に背筋を伸ばした。

　隠世を歩き回って数時間が経つと、ようやく私も幾らか動揺を隠せるようになってきた。

　隠世にいる者達は、人と変わりなく見える者もいた。だがはっきりと異形の者もいた。

　近寄ると滅茶《めちゃ》苦茶《くちゃ》冷気を感じる女は、きっと雪女だ。巨大な一つ目を持った子どもがすれ違っても、叫ばずに済んだ。異様な光景に私も多少慣れ始めた頃、有龍が思わずのように漏らした。

「お前の兄が本当に隠世に来ているかも、怪しい。伽耶《かや》を捜す方が、効率的かもしれないな」

私達二人の間に諦《あきら》めムードが漂いだしたその時、急に空が暗くなり、雨が降ってきた。

降り始めたと思うと、すぐに雨は大粒で強いものへと変わった。

まるで空から水鉄砲を大量に撃たれたような、激しいスコールだ。傘の持ち合わせはなかった。瞬く間に全身が濡《ぬ》れていく。

「どこか店に入ろう！」

有龍はそう言うと、私の手を引いて手近な店に駆け込んだ。

居酒屋蜘蛛《くも》の里、と書かれた暖簾《のれん》をくぐって中へと入る。

四人がけのテーブルが六席と、あとはカウンター席しかない割と小さな店内には、既に客が八割ほど入っていた。

入り口近くの席では客の河童《かっぱ》が、胡瓜《きゅうり》がたくさん浮いたラーメンをすすっている。スープの色から察するに、塩ラーメンだろう。太郎《たろう》の親戚《しんせき》かもしれない。そう考えると、少し親しみが湧く。

カウンターの奥には異様に白く、顔のない客がいた。顔が長方形でまるでどこかの壁を切り取ってきたみたいだ。所謂《いわゆる》「塗り壁」というあやかしだろうか。

一人でちびちびと徳利《とっくり》を傾けていて、その瞬間だけ白い壁のような顔に口が出現する。

絣《かすり》模様の和装が、とてもいい雰囲気を醸し出している。

「いらっしゃいませ！」

溌溂《はつらつ》と挨拶《あいさつ》をしながらやってきた店員は、少し地黒の若い女だった。

黄色地に白い花が咲く着物を着ていて、長い黒髪を複雑に結い上げている。どことなく動きが色っぽく、小麦色の肌に着物の色がとても似合っている。

胸元の合わせがかなり開き気味で、少々目のやり場に困る。妙に立体的に結い上げられた長い黒髪以外は、変わったところもなく、人に見える。

店員は流し目を有龍に送りながら、私たちをカウンター席に案内した。

席に着くとカウンターの後ろに置かれた、ズラリと並ぶ酒瓶が目に入る。

「お兄さん、うちにたまに来るよね。お連れさんと一緒だなんて、珍しい」

ふふふと笑いながら、私たちにお絞りを差し出す。

「相変わらず、凄《すご》い妖力《ようりょく》ね。私敏感な方だから、近くにいるだけで感じるわ」

妖力？

隣に座った有龍を思わず見上げる。さっきまで手を繋《つな》いでいたけど、少なくとも私は何も感じなかった。

どきどきはしたけど……。

その時、近くの席にいた小柄な客が急に立ち上がった。

「み、美八子《みやこ》さん、お勘定頼むよ」

どうやら店員の名前は美八子らしい。くすりと笑って客の下へ向かう。

頭が禿《は》げ上がり、やや前突した大きな離れた目をしている。何のあやかしなのか、一見したただけでは分からない。指が粘着質らしく、レシートを手にペタペタと貼り付けている。

会計をすませるとその小柄なあやかしは、そそくさと居酒屋から出て行く。

その後ろ姿を見て、カウンターに戻った美八子が有龍に近づいて笑う。

「ほら、お客さんの妖力に当てられて、逃げて行っちゃったわよ。蛙のあやかしが逃げるということは、お客さん鴉《からす》のあやかしかしら？」

有龍は枝豆を口に放り込みながら答えた。

「当たらずといえども遠からずかな。――大蛇だ」

美八子はその艶《つや》っぽい大きな目を見開いた。

「素敵……！」

大蛇ってあやかし界では、素敵クラスに分類されるらしい。

　黙って二人の会話に聞き耳を立てていると、美八子は続けた。

「最近は龍《りゅう》なんて滅多《めった》に見ないものね。殆《ほとん》どが中央に――万神庁に行ってしまうから。大蛇も見かけなくなったわ。元々数が少なかったし」

「営業妨害で申しわけないな。これでも半妖《はんよう》だから控え目なつもりなんだが」

「えっ、お客さんそれで半妖なの？　信じられないわ」

　驚く美八子に、有龍は人捜しをしている話を切り出し、横から私が兄の画像を見せる。

「見覚えないか？　人なんだが」

「うーん、うちの店には来てないわねぇ。残念だけど」

　美八子が他の客の方へ向かうと、私は有龍に尋ねた。

「有龍さんって、隠世によく来られるんですか？」

「月に一回程度だな。たまに来ないと、身体が疲れる不便な仕様でね。こっちの方が空気が綺麗《きれい》だし」

　半妖だと色々と悩みが多そうだ。

　壁には所狭しとメニューが貼られていたが、達筆過ぎて読みにくい。私がまごついているうちに有龍がさっさと注文を済ませる。

　美八子によって運ばれてきた炒飯《チャーハン》は、まだ湯気が昇っていて、米の一粒一粒が立っており、とても美味《おい》しそうだった。思わず笑みが零《こぼ》れる。ふわっとスクランブルされた卵に、上から掛けられたネギの輪切り。使用している材料は、現世のそれと特に変わりなく見える。

「有龍さん、私がこれ食べたら現世に帰れなくなったりしませんか？」

「人と来たことがないから、分からないな。是非試してみてくれ。今後の参考にしよう」

何てことだ。実験台にされそうになっている。

箸《はし》に伸ばしかけた手を止め、膝上《ひざうえ》に戻す。美味しそうに日本酒を仰ぎ始めた有龍を横目に、仕方なく持参したペットボトルの水をこっそり飲む。

（く、悔しい。罰ゲームみたいだな……）

切ない眼差《まなざ》しを炒飯に送っている私を見て、有龍が噴き出す。

「考えていることが全部顔に出て、面白いな。思考回路が手に取るように分かるぞ」

「単純ですみませんね！」

「違う違う。百面相——じゃない、表情豊かだと言いたかっただけだ」

料理を前に尚も硬直する私を見て、有龍は楽しげに笑った。

「さっきのは冗談だ。一食程度で身体が影響を受けたりはしない。気にせず食え。ほら、この枝豆美味《うま》いぞ」

そう言いつつ、竹のザルに積まれた枝豆をひとさやつまみ上げ、私の口元に持ってくる。

その拍子に彼の指が唇に当たり、びっくりして大仰に仰《の》け反ってしまう。

そんな私を見て有龍が更に笑う。しかも至極楽しそうだ。なんだか揶揄《からか》われたようで悔しくて、レンゲに手を伸ばすと炒飯を急いで自分の皿に取り分けた。

大きな芝海老《しばえび》が小高く盛られた炒飯の頂上に鎮座していたが、一つしかないので遠慮して避ける。

「海老は苦手か？」

私が首を振ると、有龍はレンゲで海老をすくい、私の皿に載せた。

「食事は二人で食べる方が、やはり美味しいな」

たまに見せるこういう、プチ優しさが小憎らしい。

ありがたく芝海老を齧《かじ》りつつ、この居酒屋に有龍が一人で席につき、食事をしている姿を想像する。二人で彼がここにいる今、その相手が私であることを何だか誇らしく思う。

ふと疑問に思った。

「有龍さんのお母様は、隠世《かくりよ》にいらっしゃらないんですか？」

「母は一度も来たことがない」

「お父様は隠世に暮らしているんですよね？」

有龍は少しの間、口を閉ざした。

何かまずいことを聞いただろうか、と俄《にわ》かに焦る。

「父は、俺の存在をきっと知らない」

えっ、と驚いたきり、言葉を失ってしまう。それは予想外の答えだった。

有龍は外の雨を気にしながら、続けた。

「母は父と無理やり別れさせられたんだ。会えなくなった後で、俺が生まれた。だから俺は父と会ったこともない」

「そうだったんですか……」

どうしよう、私が聞いたのに、陳腐な相槌《あいづち》しか出てこない。

「父が現世に現れなくなると、紡績業を営んでいた有龍家は事業が急に傾きだして、一時は倒産寸前にまで追い込まれたらしい。母は一族から恨まれて、針の筵《むしろ》といった状態に置かれたんだ」

誠牙の台詞《せりふ》を思い出す。彼は確か、恩知らず、と言ったのだ。

「つまはじきものにされた母だったが、俺が生まれると今度は事業が一夜にして好転した。一族は母と俺を池があった屋敷の傍に住まわせておく方が得策だと考えたんだろうな。つかず離れず——親戚の母と俺に対する態度は、そんなものだったよ」

言い終えるなり有龍は苦笑して、首を小さく左右に振った。

「暗い話をして、申しわけない」

その謝罪が心に重く響く。

自分の過去を暗い、という一言で総括させてしまったことが、悲しかった。

「でも、ご立派です。だって生半可な知識では、学芸員さんは務まらないはずですから。資料館で解説をされているところ、私も見ました。すっごく素敵でした！」

力いっぱいそう言うと、有龍は一瞬面くらったように目を瞬《しばた》いた。

その後で彼はふっと息を吐いて笑い、首を左右に振った。

「今の、胸にぐっと刺さったよ」

「お世辞じゃないですよ？　本当にそう思ったんです」

「そうか。ありがとう。そう言ってもらえると、俺も遣《や》り甲斐《がい》がある」

そうして私達はしばらくの間、黙って座っていた。

時折互いの目が合い、そのたびに表情が和らぐ。その瞬間がとても貴重に思えて、何度もちらちらと顔を見てしまう。この人が半分あやかしだなんて——、半分は大蛇だなんて、とてもそうは見えない。

反対に、有龍には私がどんな風に見えているだろうか。そんなことが、急に気になりだす。

どう考えてもこの状況では、私なんてただの厄介な奴でしかない。お供え物を片手に、彼に面倒ごとを持ち込んだだけなんだから。そう思うと少し落ち込む。

ふと有龍が視線をカウンター越しの棚に並ぶ酒瓶たちに投げながら、呟《つぶや》いた。

「いつか——父を捜して、会いに行こうと思っている」

「お父様、驚くでしょうね……」

「そうだな」

何とも言えない沈黙が流れた直後、ふと有龍が笑った。

「おかしいな、今まで誰にも話したことはなかったんだが」

それは思いもよらぬ告白だった。

単にこの場所がそうさせただけかもしれない。それでも、私にだけ、という響きがとても嬉《うれ》しい。じわじわと喜びを感じる。

「なんだ？　何かおかしかったか……？」

どうやら無意識にニヤついてしまっていたらしい。

「いいえ。ただ……なんか、嬉しくて」

私がそう答えると、意外なことを言われたかのように有龍は目を瞬き、ゆっくりと表情を和らげた。

「そうか。それは良かった」

その漆黒の視線がカウンター越しの棚に戻ると、不意に有龍が目を見開いた。ラベルを見せるようにして目の前に並ぶ日本酒の酒瓶を、目を丸くして見つめている。そうしてその一層目力が増した黒い瞳《ひとみ》を、素早く私に向ける。

「そうか……、気付かなかった。あれは、――獺祭《だっさい》だ！」

「だっさい？」

「以前、訪日したアメリカの大統領に、日本の総理大臣が贈った日本酒の銘柄だ。山口県の酒。知らないか？」

恥ずかしながら、知らなかった。

「獺祭という言葉の語源は、カワウソの習慣だ。カワウソは獲《と》った獲物を、綺麗に川岸に並べるんだ。――そう、丁度お前の兄の、あのスーツケースのように」

たしかに兄のスーツケースは、中身が取り出されて列状に並べられていたという。

「伽耶はカワウソのあやかしだ」

私たちが俄かに緊張していると、美八子が戻って会話に入ってきた。

「カワウソとスーツケースのお話？　私、最近その組み合わせの会話を聞いたばかりよぉ」

「本当ですか？　どんなお話でしたか？」

私は美八子に食いつくように尋ねた。

「不忍池がどーのこーの、言ってたわね」

聞き捨てならない。美八子は黒いアイラインが丁寧に引かれた目を、思い出すように上に向けながら話し出した。

何日か前にこの店にきた男女のカワウソの客が、スーツケースの話をしていたのだという。

「女性のお客様は初めての方だったから知らないけど、男性のお客様は神田村《かんだ》で書店をやってる、瀬介《せすけ》っていうあやかしよ。現世にも出入りしていて、店舗を持っているらしいわ」

美八子から仕入れた情報を、速記で懸命にメモ帳に残す。気分はテレビドラマの刑事だ。

隠世に来てから書き込みすぎて、もうメモ帳が一冊終わってしまいそうだ。

有龍は買い物袋から大量の菓子を摑《つか》み取り、美八子に差し出した。

「助かる。かなりの手掛かりだ。流石《さすが》は女郎蜘蛛《じょろうぐも》のコミュニティ力だな」

どうやら美八子は女郎蜘蛛だったらしい。

彼女は腰に手をやり、得意げな笑顔を見せて言った。

「私の蜘蛛の巣には、結構引っかかるでしょ？」

うまいことというな、と有龍が笑った。

店の外に出ると、もうかなり暗かった。

日が沈みかけ、辺りは雨上がりの夏独特の蒸し暑さに包まれている。風すら吹かず、車がないせいか隠世の通りは妙に静かだ。

「今日はこれまでだな。鳥居の場所まで戻ろう。あやかし道は、通ってきた場所からしか戻れない」

私たちの足音だけが響いている。

「一旦《いったん》、現世に帰ろう。走るぞ」

折角伽耶に繋《つな》がる手がかりが得られたのに。もう少しだけ、と言いたいところだったが、鳥居に戻る間にも辺りが急速に暗くなっていく。落日の最後の光で、どうにか街並みがぼんやりと分かる程度だ。

現世とは異なり、夜になれば完全に暗闇に包まれるに違いない。

後ろ髪をひかれる思いだったが、有龍は「一旦」と言ってくれた。もう一度来てくれるつもりなのだろう、と自分を安心させて走る。

時間が遅くなったせいか、有龍はかなり急いでいた。

「夜の隠世《かくりょ》は何が起きても不思議じゃない。言わば無法地帯だ。隠世では神格化したあやかし達の集まりである万神庁が緩く規則を制定したり、紛争仲裁をしているに過ぎない。そもそもあやかしには順法精神などないからな」

弱いながらもポツポツと街灯が灯《とも》り始めるが、全く明かりがない場所もあった。そういう場所の道路は、遠目には地面が夕闇に溶けていくように見える。

大きなビルに挟まれた暗い道に入ろうとした矢先、突然有龍が方向転換し、別の道を選ぶ。

「気をつけろ。道が消えかけている」

「消えるってどういうことですか⁉」

「隠世には果てがある。丸くて進めば外国に行ける現世とは構造が違う」

果て——？

脳裏に蘇《よみがえ》ったのは、世界史の教科書に載っていた、中世の人が描いた地球の絵だ。大陸の先には大海があり、海の外は世界の終わりだった。海水は奈落《ならく》の底のような世界の途切れ目に向かって、落ち続けているのだ。

この隠世は、一本道を間違えるとどこかへ落下してしまうのかもしれない。そう想像すると走りながらも全身の肌が粟立《あわだ》つ。落としたりしないよう、メモ帳をしっかりと胸に抱える。

　現世の上野公園に戻ると、もう真っ暗だった。完全に夜を迎えていた。

　隠世の大鳥居をくぐり、人の世界に戻ったことを確認するなり、気持ちが悪くなって軽い目眩《めまい》に襲われる。

　頭を押さえて少しの時間、屈《かが》む私に有龍が言う。

「あやかし道に酔ったんだろう。現世と隠世では、世界が違い過ぎて、慣れないうちは行き来が辛《つら》い。行きはよいよい、帰りは怖いとはよく言ったもんだ」

　少しの間屈んでいたが、どうにか立ち上がる。

「明日《あした》の月曜日は祝日だから、資料館の開館日なんだ。代わりに明後日《あさって》は休みなんだが……」

「明後日、また一緒に隠世に行って頂けますか？」

　有龍は顎《あご》先に手を当て、しばらく考え込む仕草を見せた。

「いや、早い方がいいな。――明日の午後、仕事を抜ける。とりあえず瀬介をあたってみよう」

　仕事を調整してまで再び一緒に来てくれることに感謝しつつ、私は鞄《かばん》からスマホを取り出した。そのストラップをグッと握り締めてから尋ねる。

「あの……、よかったら有龍さんの連絡先を教えて頂けませんか？　その方が待ち合わせするのに、便利ですし」

声が震えた。冬馬《とうま》なら空気を吐くように滑らかに言えるだろうに。情けない。

ほんの僅《わず》かに沈黙があった。その間が、とても長く感じる。

「連絡先は滅多《めった》に交換しない主義なんだ。悪いな」

そうですか、と返事をするのが精いっぱいだった。ストラップをなんとなく離しては、握りなおす。

約束の時間を決めると、私は上野公園を走って出た。

同じ夜なのに、家までの現世の夜道は、隠世とは段違いに明るかった。対照的に私の心中は相当暗かった。

帰宅して玄関の内鍵《うちかぎ》をかけると、脱力してしまった。

長ったらしい溜《た》め息を吐き、靴を脱ぐ気力もなく、ドアにドスンと寄りかかった。

「私の馬鹿……。連絡先なんて、聞かなきゃよかった」

結構、傷付いた。私自身を拒絶された気がした。

お前にはそれほどの価値はない、と有龍に断じられたようで、ショックだった。

「う〜。――惨めだ……」

両手で顔を覆い、肺から思いっきり息を吐き出す。そうしないと、不覚にも涙が溢《あふ》れてしまいそうで。

翌日、気がせいているのか、約束の時間のかなり前に上野公園についてしまった。神社の鳥居目指して園内を歩いていると、背後から声を掛けられる。

「洸《こう》と待ち合わせをしているのかい？」

振り返ると、そこには誠牙がいた。

「兄の手がかりが隠世にあったんです。また午後にあちらへ行く予定です」

「洸が君を二度も隠世に連れて行こうとは、予想外だったよ」

誠牙は腕組みをし、私から視線を逸《そ》らした。

「私は随分長く生きてきたからね。これでもたくさんの人間の女達と、恋仲になってきたよ。私の容姿が好ましく思われるのか、簡単に靡《なび》いてくれたものだったよ」

発言の意図が摑めない。まさかモテる自慢をしたいわけじゃないだろう。これは、何かの牽制《けんせい》だと薄々察する。

「狐のあやかしさんは、現世で家庭を築いて、人として暮らすことが多いと聞きました」

「そうかもしれないね。だがね、人は相手があやかしだと分かると、尻尾《しっぽ》を巻いて逃げていく。逡巡《しゅんじゅん》の間すらなく、ね。あやかしと人の恋愛なんてまやかしだよ」

「まやかし、ですか」

「隠世をご覧よ。在りし日の隠世は、現世と同じく抜けるような高い空を持ち、広々としていた。不安定な夜もなかった。けれど、今や現世にあやかしたちは逃げ、衰退している。あやかしたちの力が減っていっている証拠なのだよ。過度の交流が進むと、隠世が弱っていく。元々両者は交わるべきではないのだよ」

誠牙は隠世の将来を憂えているらしい。でも、鶏と卵みたいな問題だと思う。どちらが先だったのか、今となっては定かじゃないだろうに。

「洸にはいずれ、隠世に来て、水神たる父の後を継いで隠世の統治機構である万神庁に入ってほしいと思っている。隠世の活気と強固さを取り戻す為に。君にはその邪魔をしないでほしい」

ああ、この誠牙にとって、私は歓迎せざる者なのだと気づかされる。その牽制に乗ったりはしないけれど。

誠牙は首を傾け、鼻で笑った。どこまでも優雅に。

「君も私は狐だから、信用ならないと思っているのだろう？」

「そんなことはありません。もし有龍さんに隠世行きを断られていたら、私はきっと誠牙さんにお願いしていましたよ。だって、連れて行ってくれると仰《おっしゃ》ったでしょう？」

誠牙は無言だ。言葉を選びたいようだった。

「私、忘れていませんよ。貴方《あなた》は瑞獣《ずいじゅう》だったんでしょう？」

薄い笑みが消え、誠牙の顔が強張《こわば》る。自分で教えてくれたのに、驚いているようだ。

彼こそが、人を信用していないんだ。

私は黙り込んだ誠牙と別れ、神社に向かった。


「うわっ、また蚊がきた！」

耳元で不快な羽音を立てる蚊を、手を振り回して追い払う。

有龍が来るのを待ちながら、私は上野公園の鳥居の前で、私の血を狙ってしつこく飛来する蚊と格闘していた。

鞄には携帯用の虫よけスプレーを常備しているが、今使いたくはない。有龍に虫よけ臭いと思われることに、なんとなく抵抗がある。

懸命に退治しようと手を空中で打ち合わせていると、呑気《のんき》な高い声が聞こえた。

「マホ、何踊ってるんだ？」

はっとして手を鳴らすのをやめると、木陰から河童《かっぱ》の太郎が現れた。小さく丸い瞳《ひとみ》が、不思議そうに私を見上げている。片手に蓮《はす》の葉を持ち、まるで日よけのように頭の上に掲げている。不忍池から取ってきたのだろうか。

「盆踊りの練習か？　楽しそうだな！」

「違うよ、蚊を潰《つぶ》そうとしていただけだよ。私、ここで有龍さんと三時に待ち合わせをしていて……」

「三時！　オヤツの時間だな！　……ところでマホの兄、見つかったか？」

隠世にまで行ってきたことを太郎に話していると、神社への参拝客がこちらにやってきた。一人で足元に向かって話していると思われかねないので、咄嗟《とっさ》に口を噤《つぐ》んで鳥居の横に避《よ》け、道を空ける。

外国人らしき参拝客達は、神社へと道なりに続く赤い鳥居が珍しいのか、カメラで写真を撮りながら鳥居をくぐっていく。

こうして普通に通るだけでは、隠世に繋《つな》がるあやかし道が出現することはないのだ。

「普通に通ると、隠世には行けないんだよね」

「普通はな！　たまーに、何の因果か一人であっちに迷い込むニンゲンもいるぞ」

そんなことになったら、どうやって帰ってくるのだろう。私の疑問を珍しく察したのか、太郎が続けた。

「帰って来られなくて、隠世であやかしになっちゃう奴も、たまーにいるからな！」

ううーん。それだけは避けたい。

太郎と彼らの後ろ姿を眺めていると、ようやく有龍が現れた。

太郎がぴょんぴょんと跳ねる。頭の皿の中の水が、さざ波立っている。大丈夫だろうか。手で皿を覆いたくなる。

「コウ、遅い！　イイ男は、女子を待たせないぞ！」

「悪い男で、悪かったな」

今日の有龍はベージュのカーゴパンツを穿《は》いていた。ワイルド系の大蛇様も、予想外に素敵だ。というより、資料館でのいつものスーツとのギャップが激し過ぎて、反則だ。

ギャップ萌《も》えしてしまうではないか。

「心の準備は出来ているか？　行くぞ」

私の方に手を伸ばすと、有龍は私としっかりと手を繋いだ。すぐ近くでその様子を見ていた太郎が、なぜか両手と蓮の葉で自分の顔を覆い、恥ずかしそうにしている。

よく見ればその水かきが付いた小さな指と指の間から、しっかりと私達を観察している。

鳥居に向かって駆けだすと、太郎が後ろから声を張り上げた。

「マホ、頑張って！」

振り返ると太郎が蓮の葉をヒラヒラと振っており、やがてそれは怒涛《どとう》の勢いで倒れ込んでいく鳥居によって、すぐに見えなくなった。


鳥居は突然終わり、公園に走り出る。

今日の隠世《かくりよ》は晴れていて雲一つなかったが、それでもやはり空が低く感じられる。

まだ荒い呼吸を整えながらも、つい巨大な赤い足を探してしまった。

前回遭遇した大鬼の足が、私の中でかなりのトラウマになっていた。

幸い今回は見当たらず、ほっと胸を撫《な》で下ろす。

有龍は私の手を引いて公園の外に向かった。

「人力車を探そう。瀬介がいる神田村まで運んでもらうぞ。隠世には路面電車も通っているんだが、時間が全く守られないんだ」

「路面電車って、サンフランシスコみたいでかっこいいですね」

私の連想は有龍の賛同を得られなかった。彼は無表情に沈黙を保った後、言った。

「路面電車といえば、都内も都電荒川《あらかわ》線が新宿《しんじゅく》区と荒川区間を走っているだろ」

「そうなんですか？　よくご存じですね」

もしや大蛇様は鉄オタなのだろうか。路線図片手に、閉館日は各地の有名路線を巡って写真を撮影するのが趣味なのかもしれない。高架橋の上で一眼レフを構え、寝台特急を連写する有龍を思わず想像してしまった。

ああ、三脚の前に仁王《におうだ》立ちする大蛇様も、結構サマになっているかもしれない……。

「空を散歩するときは、線路沿いに飛ぶようにしているからな。迷わなくて、便利だ」

ああ、閉館日の大蛇様は、私の凡庸な妄想の遥《はる》か上を飛んでいた。

「お空の上で迷子になったことが、おありなんですか？」

どうしても気になって尋ねてみると、有龍は不貞腐《ふてくさ》れたように腕組みし、答えた。

「調子に乗って遠出しすぎて、一度必死に目印を探したことがある」

大蛇あるあるなのだろうか。いまいち共感しづらいので、相槌《あいづち》に困ってしまった。

道端で有龍が捕まえてくれた人力車の車夫は、牛のあやかしだった。

筋骨隆々としていて、腕が顔と同じくらい太い。最早《もはや》どこが顔なのか分からなくなりそうなくらいだ。

そんな車夫が引く車は、日本の観光地で見かけるような人力車を少し簡素にしたような作りで、二人乗りだった。引き手は牛だったが、予想に反してかなりのスピードがでた。シートベルトがないので、結構怖い。

今急ブレーキをかけられたら、十メートルは空中にすっ飛んで行けそうだ。道路は現世と違って表面の凹凸《おうとつ》が激しいので、座席の薄いクッションはあまり用を成さず、相当な振動がお尻《しり》を直撃する。

家々が建ち並ぶ景色が神田村まで続くのかと思っていたが、進むにつれて景色は一変した。ビルがなくなり、小さな木造家屋ばかりになると、やがて緑が増える。じきに完全に家並みが途切れると、林が現れた。

時折林の中に、倒壊寸前の家屋も散見される。

「この辺りは現世の都内とは、随分雰囲気が違いますね」

「あやかしの数は残念ながら、減っているんだ。現世のように人で溢れていたりはしない」

同じ方向を見つめながら、有龍が隣の席からそう教えてくれる。そんなことを、誠牙も言っていた。

「もしや隠世も日本みたいに、少子化が進んでいたりするんですか？」

「あやかしは特殊なんだ。たとえば天狗《てんぐ》と鬼が結婚しても、子どもは残せない。おまけに困ったことに種類が多い割に、数が少ない」

「でも人間とは子どもができるんですよね？」

「人間相手なら、どのあやかしも子孫が残せるらしいな。だから現世に婚活に赴くあやかしも多い」

隠世には「現世で理想の相手、見つけませんか？」という現世婚活ツアーがあったりするのかもしれない。今更だが馬面の言っていたことが、腑《ふ》に落ちた。

神田村に入ると、書店が何軒も並んでいた。

私たちは下車すると、車夫に案内されて一軒の書店の前に辿《たど》り着いた。

かなり古びたブリキの看板が路面に出され、「大川堂《おおかわどう》」と書かれている。

硝子《ガラス》の引き戸をカラカラと鳴らして開け、店内に入る。

中はあまり広くなく、所狭しと背の高い本棚が並び、かなりの圧迫感がある。

本は古びたものが多く、どうやら古書店のよう。

いらっしゃいませ、と声をかけつつ本棚の奥から姿を現したのは、円《つぶ》らな黒目がちの瞳が可愛い背の低い中年男だった。

耳が小さくて丸い。そして、床に丁度つく程度の長さの黒い尾を垂らしている。

あれが瀬介だろうか。

私は入り口に留《とど》まり、有龍に自分のスマホを預けると彼の背を押した。

「人だとバレると面倒かもしれないので、有龍さんが聞いてきて下さい！」

有龍は軽く頷《うなず》くと、本棚に挟まれた通路の奥へ進む。

「今日は。ちょっと教えて頂きたいことがありまして」

有龍は人当たりのいい声音でそう切り出した。初めて織物資料館で会った時に見せてくれた、例の「紳士バージョン・有龍」だ。

有龍は一枚の写真を瀬介の前に差し出した。兄の部屋にあった、伽耶の写真だ。

「伽耶さんをご存じですよね？　最近こちらには戻られましたか？」

「ああ、伽耶さんなら一週間くらい前に会ったよ。なんでだい？」

「お会いしたいんですが、なかなか会えなくて。伽耶さんはよくこちらに？」

「そうでもないね。最近はまた現世に入り浸ってるみたいだし」

有龍は預けていた私のスマホを持ち、画面を瀬介に見せる。

「この男性を最近見かけませんでしたか？　伽耶さんの恋人なのですが」

「それが恋人？　まさか！　伽耶さんに現世で恋人がいたのは、もう何十年も前のことだよ」

奇妙な沈黙が店内を支配する。

どうやら瀬介が知っているのは、伽耶の随分昔の恋人らしい。

そして何より、伽耶は何歳なんだろう……。

そう思って本棚の陰から顔を少し出し、二人の様子を窺《うかが》うと、有龍が瀬介を店の更に奥へと追い詰めるようにじりじりと近寄っている。

「伽耶さんが最近現世で人と付き合っている、という話を聞かれたことはありませんか？」

すると瀬介は声を立てて笑った。

「そんなはずはないね！　伽耶さんは人が嫌いだし」

「…………。伽耶さんは、現世ではどこにお住まいですか？」

「どうしてそんなことを聞くんだ？　――な、なんだよお客さん。そんな怖い顔して……」

「瀬介さんは現世にも店をお持ちだとか。もしや上野の周辺ですか？」

「それがなんだってんだ？」

すると有龍の声が二オクターブは下がった。

「もしやスーツケースを不忍池に置いたのは、貴方《あなた》でしたか？」

「な、何の話だよ！　知るか」

「素直にお話しして下されば悪いようにはしませんよ。――上野の書店もどうせ商業登記も納税申告もしていないでしょう？」

「税務署に密告でもするってのか？」

「まさか。ただ、都庁の機械対策室に知り合いがおりましてね」

瀬介の顔色が変わった。

丸く愛らしい目が不安げに揺れ、頬がピクリと引きつっている。橘《たちばな》の仕事は現世にも住むあやかしの間では名が知れ渡っているらしく、脅し文句として通用するようだ。

瀬介は動揺して声を震わせながら、有龍に嚙《か》み付いた。

「なんだよ！　お前あやかしのくせに、人の味方なのか？」

「そのどちらでもないし、どちらでもありますね。半妖《はんよう》なので」

「お前それで半妖か!?」

瀬介が驚いたように後方に一歩飛び跳ね、背後の本棚に当たる。その衝撃で本棚から数冊の本がドサドサと床に落ちていく。

「私はね、両者の穏便な共存を脅かそうとする輩《やから》が大嫌いなんですよ。少なくとも現世は人の世界ですから、郷に入っては郷に従ってもらわないと」

何やらまだ言い募ろうと口を開きかけた瀬介が、急に絶句した。更に顔を白くさせ、円らな目をパチパチと高速で瞬《しばたた》いている。

しばし有龍の顔を言葉を失って見上げた後、老人のような声で呟《つぶや》いた。

「――そうだよ。伽耶さんの現世でのねぐらは、東久留米《ひがしくるめ》だからな。上野までは行けない。俺が金で頼まれて、不忍池に誰かのスーツケースを放置してきたんだよ」

なんと、兄の荷物を池に並べたのは、伽耶ではなかったのだ。瀬介は続けた。

「伽耶さんの恋人は昔、現世で力試しをする人間に調伏されたんだ。でもいつのまにか封印が解けていたんだ。おまけに放たれた魂が、人間の身体に逃げこんでいたことが、つい最近分かったんだよ。獺祭《だっさい》はそのお祝いさ。別に俺は何も悪いことはしてない」

「その恋人と伽耶さんは、現世のどこで出会ったんですか？」

「流石《さすが》にそこまで昔の話、俺も覚えちゃいないよ。――ただ、伽耶さんは恋人のことを『清澄君《きよずみ》』って呼んでいたかな」

そこまで聞くと有龍は近くにあった本棚に手を伸ばし、本を一瞥《いちべつ》もすることなくカウンターの上に載せた。

「礼に買っていこう」

有龍は本を一冊買うと、瀬介にはもう目もくれず、入り口にいた私の手を摑《つか》んで書店を飛び出した。預けていたスマホを片手で受け取ると、彼に問う。

「瀬介さん、急に怯《おび》えたみたいに態度が変わりましたけど、アレ何だったんですか？」

「軽く睨《にら》んだだけだ。俺の金色の目を見せてやった」

ああ、なるほど。それはさぞ怖かったことだろう。

確認したいことはまだ幾つかあったが、有龍は駆け出してしまい、聞く暇がない。

「現世に帰ろう。鳥居にもどるぞ。——まずいことになった」

「——兄はここにいないのでしょうか？」

「恐らくお前の兄はどこかで禁忌を犯した。早く捜さないと骨になるかもしれない」

「兄が何をしたっていうんですか？」

有龍は眉根《まゆね》を寄せて、まだ分からん、と呟いた。

何を信じればいいのか混乱する。伽耶にとって、兄は何だったんだろう？

二人で無邪気に隠世《かくりよ》旅行を楽しんでいる。そう思っていたのに。

ぞくりと寒気が背中を這《は》い上がる。

兄の身に、私が想像もしなかった危機が迫っているのかもしれない。

帰りの人力車はなかなか見つからなかった。

別の通りを探してみよう、と建物の脇に入ると、突然有龍に後ろから二の腕を摑まれた。

「危ない。よく見ろ」

足元を見ると、すぐ目の前を勢いよく水が流れている。それも三メートルはあろうかという、幅の広さだ。茶色く濁り、底が見えない。結構な水深があるのだろう。

「道の先にいきなり川があるなんて！」

「行きは間違いなくなかったぞ。夜の隠世は不安定で、時間とともに地形が変わる。空間が遷移するんだ。気をつけよう」

日が暮れ始めてしまったせいで、結果的に上野の玄関口である、隠世の大鳥居まで大回りをする羽目になった。

橋のある場所になんとか辿り着くと、私達は向こう岸まで渡り始めた。

水色に塗られたその鉄橋は異様に細く、人が並んで歩けないほどだ。

有龍を先にしてつかず離れず歩いていると、前からこちらに歩いてくるあやかしがいた。

背丈が私の半分ほどしかない、随分小柄な女性のあやかしだ。髪が非常に長く、膝《ひざ》近くまで垂れていて、白い着物が髪で殆《ほとん》ど見えない。

橋姫、と有龍が呟くのが聞こえた。確か橋姫は、橋にいる嫉妬《しっと》深《ぶか》い女のあやかしだ。

狭い橋の上を、お互い身体を斜めにしてどうにかすれ違う。

橋姫の後に歩いて来るのは、狸のような大きなお腹のあやかしだった。肩から紐《ひも》で吊《つ》るした瓢箪《ひょうたん》を持っている。本当に狸なのかもしれない。

狸の巨体を見て、私は絶句した。——どう足掻《あが》いてもすれ違えない……。

そもそもあの体形でこの橋を渡ろうと思っちゃダメだと思う。

少し先まで行くと、歩行者がすれ違う為に設けられた場所なのか、途中で橋が太くなっている箇所があった。

そこまで進むと、私達は狸と互いに対面方向に通過した。

大きな狸の身体を何とか避《よ》けて先に進むことに成功すると、再び橋が狭くなっていた。

そこで猛烈な違和感に襲われた。川はこんなに幅がなかったはずだ。それなのに、なぜこの橋はまだ先に続いているのか。

その一瞬後で、私は恐怖に震え上がった。

いつの間にか私が先になっている。前にいたはずの有龍の姿が見えない。

狸とすれ違うのに時間を要した間に、先に行ってしまったのだろうか。

「有龍さん、どこですか！」

急いで走って橋を渡る。だがこれが間違いだった。

橋を渡り終え、数段の階段を二段飛ばしで下り、向こう岸に降りるが、そこにも有龍の姿はなかった。

静かな木造の家並みが続いているだけで、私を待っている者は誰もいない。

（しまった……！）

己の過ちに気づき、慌てて振り返るが、既に遅かった。

橋は消えていた。

今しがた私が渡りきったはずの橋がなくなっているだけでなく、川そのものが影も形もなくなり、舗装された道路がただそこにはあった。

やってしまった。

「地形が変わったんだ。嘘でしょ！」

愕然《がくぜん》と頭を抱える。

離れないよう、あれほどしつこく手を繋《つな》いでいたのに。

二回目だからか、気が緩んでいた。

私の脇を、提灯《ちょうちん》を持った男が通り過ぎていく。その橙色《だいだいいろ》の明かりを見つめながら、もう一つの由々しき事態にも気づかされる。

間もなく日没であった。

「うわぁぁぁぁ、道に穴が空いてる！」

もう何度目か分からない叫び声と共に、飛び退く。

その拍子に、片手で持っていたメモ帳を取り落とす。メモ帳は地面に落ちて小さな音を立てた後、穴へと落ちていく。その先は真っ暗で、音すらしない。落ちたのが自分自身じゃなくて、心底よかったと胸を撫《な》で下ろす。記録を失う方がマシだろう。

迷子になってから彼方此方《あちこち》を彷徨《さまよ》い、既に一時間は経過した。

有龍と連絡を取る手段もない。スマホの電波は当然入らないし、そもそも私は悲しいことに、彼の電話番号もメールアドレスも知らない。

万事休すだ。

兄を捜しに来たはずが、自分が隠世で行方不明になるなんて。

ミイラ取りがミイラになる、とはよく言ったものだ。

夜の隠世は、混沌《こんとん》としていた。

道が消えるだけでなく、前触れもなく大穴が開いている。

落ちればどうなるのか分からないが、素敵な結果は期待できなそうだ。まるで宇宙の果てにあるブラックホールのようだ。

有龍とばったり出くわさないかと、半べそをかきながら歩き続けていると、屋台を開いているあやかしに声を掛けられた。

「お姉さん、道を照らす提灯を買っていかないかしら？」

緑色の瞳《ひとみ》が物凄《ものすご》く綺麗《きれい》な、猫顔の女だ。いや、多分化け猫なのかも。分量の多い茶色い髪の毛で隠れているだけで、きっと頭の上には耳がある。想像力で己を説得する。

近寄ると、小さな屋台に灯《あか》りをつけた提灯がズラリと並べられていた。

「灯り、欲しいんですが持ち合わせが今ないんです」

「大丈夫大丈夫！　お姉さんのその、素敵な首輪と交換してあげる」

首輪――とは、このことだろうか。

右手の指先で、首元のネックレスを触る。近所で買った、十四金のネックレスだ。

特段思い入れがある品物ではない。今この場では、提灯の方が自分には必要だろう。

首からネックレスを外すと、店主に渡す。

満面の笑みの店主から手渡されたのは、ぼんやりと優しい灯りを放つ、手を広げた大きさほどの提灯だった。二重丸が横に二つ並んだ模様が筆で描かれている。

提灯を手に持ち、先へ進む。

身の回りが明るくなった事実に、少し安堵《あんど》を覚える。

隠世は眠らない街・東京とは違っていた。七時を過ぎるとかなり暗く、所々の居酒屋らしきお店から明かりが漏れているだけだ。

やがてコツコツと靴音が背後から聞こえた。

顔を引きつらせて振り返るが、そこには誰もいなかった。

だが私が進むと、再びその跡をつけるように、靴音がついてきた。

(怖いよ……。隠世、怖過ぎるよ)

提灯を持つ手が震えるが、私は自分に落ち着くよう、命じた。

兄の部屋にあったあやかし図鑑に、こんなあやかしがいたはずだ。名前は覚えていないが、対処法だけは忘れていなかった。

ピタリと歩みを止めると、私は震える声で言った。

「お先にどうぞ」

靴音がコツコツと響き、それは私を通り過ぎていった。

「よかった……どっか行った」

どうにか遣《や》り過ごせたようだ。なんて疲れる世界なんだろう。

スマホの時計を確認すると、有龍とはぐれてしまってから、もうかれこれ二時間は経っていた。

「座りたいよぉ」

膝が痛くて仕方がない。

人目を気にしている余裕は、もうない。

私は道端に座り込んでしまった。夜空を仰ぎ見ると、息を呑《の》むほど壮観な星空が広がっている。明滅する星々が、暗い天井に無数に埋め込まれた明かりのようで、ただでさえ低く感じられた空が、最早《もはや》息苦しいほどの圧迫感を与えている。

疲労で霞《かすみ》がかかったような視線を、手にしている提灯に移す。提灯には墨で模様が描かれていた。

難有り品を押し付けられたのか、よく見ると提灯の下の方が、少し裂けている。その裂けている部分が、まるで口のようにも見える。

そう思っていると、口の上に描かれた二重丸がギョロリと動き、私を見た。

（え、嘘……）

硬直する私の前で、提灯の裂け目が更に大きくなる。提灯は私を見つめたまま、ニタリと笑った。

「うわぁぁぁ、顔っ！　何コレやだっ！」

あまりの恐怖に提灯を投げ捨てて逃げ出したいが、灯りは捨てたくない。酷《ひど》いジレンマに立ち上がり地団駄を踏む。

腕を精一杯突っ張り、距離を取るとニタつく提灯から顔を逸《そ》らす。

ベリベリと音が鳴るので、薄目を開けて見てみると、顎《あご》が（あるなら）落ちそうなほど口が大きく開き、中から長い赤色の舌が飛び出してきた。

ぎゃぁぁぁぁ、という叫び声を上げながら、私は一目散に駆け出した。四方八方にベロベロと動く舌を付けた提灯を提げたまま。途中、道のど真ん中に直径一・五メートルはあろうかという大穴が開いていたが、火事場の馬鹿力で飛び越える。

やがてユラユラと揺れる橙色の明かりが遠くに見えた。

何だろうと目を擦《こす》る。近づいてくるにつれ、それは提灯だと分かる。また口裂け提灯だろうか？

「真穂？」

提灯から声が——いや、正確に言えば提灯を掲げている者が声を出した。何の変哲もない、白い紙を張っただけの提灯を手に、私の方へ走ってくるのは有龍だった。

「やっと見つけた！　有龍さん、どこ行ってたんですか！」

安堵による涙声で突進する。

「死ぬかと思いましたよ！」

「悪かったよ。離れた一瞬に、地形が変わったんだ。だから夜の隠世は危険なんだ」

有龍が私の手を取る。かなり強く手を握られ、少し痛みを感じるほどだった。

手を繋ぐとすぐに彼は言った。

「まったく、どうなることかと。見つかってよかった……」

有龍は私の提灯に目を落とした。

「……凄《すご》いな。提灯お化けか。そんなもん、どこで手に入れたんだ？」

「つかまされたんですよ！　猫のあやかしに」

「よかったじゃないか。真穂の叫び声が通り中に響き渡って、見つけやすかったぞ」

手元の提灯を見ると、いまだ私を揶揄《からか》うように舌を盛んに動かしている。あまり感謝の念が湧かない……。むしろガムテープで口を止めてしまいたい。

「早く大鳥居に戻りましょう」

「この時間は、公園では鬼達がどんちゃん騒ぎをしているんだ。見つからずに通過するのは至難の業だ。下手すると、現世についてきかねない。それにあそこを酔った鬼の集団から、お前を守りながら通過する自信がない」

目眩《めまい》がした。

虎縞模様《とらじまもよう》のパンツを穿《は》き、棍棒《こんぼう》をもった鬼達が、集まって酒を飲んで暴れている光景を想像してしまった。

透明人間にでもなれない限り、無事には通れなそうだ。

有龍は腕時計を一瞥《いちべつ》し、溜《た》め息まじりに言った。

「仕方がない。夜が明けるまで待とう」

「待つって、どこでですか？」

有龍は無言で私の後ろを指した。

そこには立派な瓦《かわら》屋根を持つ、木造の大きな建物があった。路地を挟んだ所に建つもう一棟の小ぶりの建物と、二階部分の渡り廊下で繋がっている。玄関の横には「お宿一番亭」と書かれた看板が出ている。

「まさか隠世《かくりよ》に今夜、一泊するということですか？」

「下手に動き回るより安全だ」

でも、こんなに突然のお泊り？

「私、異性と外泊したことないんです」

「何の話だ。それより隠世に外泊するのだって、初めてだろ」

足を止めて踏ん張る私を、有龍が呆《あき》れたように見下ろす。

「急過ぎて、ちょっと心の準備が……」

「外にいるより、入った方が危険はないだろう」

「だけど、本当に安全なんですか？」

疑うように眉《まゆ》を顰《ひそ》めて見上げると、有龍は腰に手を当て、肩をいからせた。

「何の心配をしているんだ！　俺は安全だ！」

そうじゃない、宿が安全なのか聞きたかったのに、と思いつつも、散歩に行きたがらない犬でも引き摺《ず》るように、有龍は私の手を摑《つか》んで宿まで引っ張っていった。

展開についていけない私を引き連れ、有龍は躊躇《ちゅうちょ》なく宿の玄関から中に入った。

玄関を通ると、正面の受付からすぐに小さな男の子が駆け寄ってきた。トンボの模様の青い着物を着ている。

髪の毛は茶色くとても柔らかそうで、お尻《しり》からは長いフサフサの尾が生えている。

ピョンと跳ねるようにやって来たその姿に、狐の姿を重ねてしまう。年齢は六歳ほどに見える。

少年は「ようこそお越し下さいました」、と元気よく言うと、私達の周りを回った。あまりの可愛らしさに、緊張が解けていく。

「あれっ、お客様お荷物はどこですか？　――えっ、それだけですか？」

「予定外に泊まることになった。二部屋貸してくれ」

少年は破顔一笑した。細い吊《つ》り目が、頬で持ち上がり線のようになる。

「なるほど。よくあることです！」

有龍が宿帳に宿泊者情報を書き入れている間、少年は私を興味深そうに覗《のぞ》いていた。

「お客様は現世からいらしたので？　いいなぁ、僕も一度は行ってみたいです。最近はこちらに遊びに来るニンゲンが、めっきり減りましたからね。僕、割と化けるの得意なんですよ。狐だけど、ニンゲンにしか見えないでしょ？」

思わず苦笑してしまう。私には尻尾《しっぽ》がバッチリ見えている。なんとかそこに触れないよう、褒める。

「耳はとても上手《うま》く隠せていますよ」

少年狐は嬉《うれ》しそうに歯を見せて笑うと、宿帳の記入を終えた有龍が手持ち無沙汰《ぶさた》にしていることに気づき、慌てて背筋を伸ばして受付の奥から案内係を呼ぶ。

現れたのは地味な縞模様の着物姿の中年の女だった。正面から見ると一見あやかしには見えなかったが、細い茶色の尾が背後に見え、やはり人ではないのだと分かる。

「別館の三階のお部屋をご用意しました。ご案内いたします」

軽やかに跳ねて先を行く少年狐について、二階までの階段を上り、渡り廊下を渡る。彼は途中で振り返り、無邪気に言った。

「亥《い》の刻を過ぎますと、渡り廊下は無限廊下に変わりますので、ご注意下さいね」

無限廊下？

首を傾げながらも別館に移り、更に三階までの階段を上る。

壁には額に入れられた浮世絵が飾られ、手摺《てすり》にも唐草模様が細かく彫られており、小洒《こじゃ》落《れ》ていた。

「この浮世絵は先代が現世から仕入れたものなんですよ。私の父が、現世に長く暮らしていまして。私は、母がニンゲンなんです」

少し照れたようにそう言う女狐に、驚いた。ここにも半妖《はんよう》がいたらしい。

「現世には結構、狐のあやかしさん達がいますよね」

アメ横で見た光景を思い出してそう言うと、女狐は笑顔で頷《うなず》いた。

「狐は化けるのが得意ですから、現世で家族を作る者も多いんです。帰ってこない者もたくさんいますね」

人間社会に完全に交ざり、周囲からは狐だと全くバレていないあやかしもいるのだろう。

女狐は何の気なしに、続けた。

「ですが、基本的には半妖には現世よりも隠世の方が、暮らしやすいんです」

そこには特段何の感情も込められていなかったが、私は思わず有龍をちらりと見てしまった。彼は何食わぬ顔をしていた。

三階は短い廊下と、その両側に二部屋ずつ客室が並んでいた。

木の床は長い歴史を感じさせる光沢があり、黒色に近い焦げ茶色になっていた。

女狐はツツジの花模様が彫られた扉の前で止まった。そうして私に木のプレートが付いた鍵《かぎ》を渡す。

「ツツジの間をご用意致しました。ですが今日こちらの三階にお泊りなのはお客様達だけですので、三階の部屋は全部ご自由に使われて結構ですよ」

なんて贅沢《ぜいたく》なんだろう。

部屋に上がると、現世の旅館とあまり内装は変わらなかった。

畳の部屋にちゃぶ台と座椅子。そして床の間がある。

急須《きゅうす》などの茶道具が置かれた棚には、酒瓶も数本並べられていた。

明かりとりの為に隣の部屋との間に設けられた欄間には、悠然と林を歩く虎の彫刻が施され、見応《みごた》えがある。

客室の様子を窺《うかが》いながらもちゃぶ台の前に座り、女狐が淹《い》れてくれたお茶を飲み干す。

藺草《いぐさ》の香りが仄《ほの》かにする部屋で、分厚い座布団に座り一息つくと、大変落ち着いた。

ここが隠世であることを束の間忘れ、座椅子の背もたれに体重をかける。

しばらく経つと、隣の部屋に入っていた有龍が私の部屋に顔を覗かせた。

「向かいの二部屋に布団を敷いてくれている。散々歩いて疲れただろう。大浴場は別館の四階にあるそうだ。ここは一旦《いったん》休んで明日《あした》、日の出と共に帰ろう」

私は大きく頷いた。

有龍が自分の部屋に戻ると、私は入浴してから寝ようと廊下へ出た。

大浴場は古めかしかった。

洗い場には色とりどりの石のタイルが敷かれ、妙に床が冷たい。客は私しかいないのに、背後がいやに気になってしまい、洗髪中に何度も後ろを振り返ってしまう。

石造りの浴槽は大きかったが、ずっと隅の方にしゃがみこんでじっとしていた。

烏の行水のような入浴を済ませると、宿の備品の浴衣に着替え、三階の部屋に戻ろうと階段へ向かう。

ふと、少年狐が言っていたことを思い出した。

「――無限廊下って、何だろう？」

好奇心を捨てきれず、二階まで下りて遠目に渡り廊下を見ると、寝ぼけまなこも吹っ飛んだ。六メートルほどしかなかったはずの渡り廊下が、異様に長くなっている。

両側に窓を持つ木の廊下が、どこまでも延々と続いている。

どこかの宮殿の廊下みたいだ。

どう見ても終わりのない廊下に、足が竦《すく》む。

目の錯覚のような光景に、目を擦《こす》っていると背後から肘《ひじ》を掴まれた。振り返るとそこには浴衣姿の有龍がいた。彼も風呂《ふろ》に入っていたらしい。

「おい、それ以上進むなよ。行くなと言われたじゃないか」

「だって気になって仕方なかったんです。どうなっているんですか、ここ」

「今の時間、この宿の別館は空間遷移の干渉を受けているんだ。別館が本館から離れてしまって、遠くになっている」

果てしなく続く廊下を前に、言葉を失う。


少年狐が敷いてくれた布団に横になるが、すっかり深夜だというのに目は冴《さ》えてしまっていて、さっぱり眠れそうにない。

外は風が強いのか、窓の木枠がガタガタとひっきりなしに音を立てている。旅館特有の窓と言うべきか、窓自体が非常に大きいので、凄《すご》く気になる。おまけに外は物凄く暗い。見つめていると、この世に自分しか存在しないのではないか、と思うほどだ。この階には私と有龍しかいないので、猛烈に静かなのだ。

部屋の隅に置いた提灯《ちょうちん》は、火を消したはずなのに勝手に灯《とも》り、転がって私の枕元で口の裂け目を開けたり閉じたりして楽しんでいる。

「いい加減にしなさいよ。悪趣味だよ！」

堪《たま》らず半身を起こし、提灯を叱りつける。

すると部屋の扉がノックされた。

「どうかしたか？」

声を聞きつけて有龍が来てくれたらしい。

扉を開けるなり、有龍に愚痴を言う。

「ちょっと聞いてください！　あの提灯、消しても勝手につくんです。無限提灯ですか!?」

有龍の漆黒の瞳《ひとみ》がすぐに床上の提灯に向かうと、束の間それを眺めた。

「エコロジーだな」

そう言い終わると、何ごともなかったかのように、ピシャリと扉を閉めて戻っていってしまう。

一人にしないで欲しい。私は目についた酒瓶を鷲掴《わしづか》みにすると、有龍を追いかけた。

「待ってください。こんな夜ですし――よかったら酒盛りしませんか？」

廊下の先で振り返った有龍は、少し呆《あき》れ顔だった。しばらく私の顔を眺めた後、ふと不敵な笑みを浮かべ、真正面まで歩いてくると腕組みをして首を傾け、見下ろしてきた。

「真穂ちゃん。――怖いなら、素直にそう言えばいい」

「そういうわけじゃないですけど！」

「あのお子様向けの妖怪《ようかい》、お化け提灯がそんなにも怖かったんだな？」

「ち、違います！」

すぐに否定したのに、有龍は腕を組んだまま腰を折って、実に愉快そうに笑った。

大蛇様はちょっぴり意地悪だ。

有龍が自分の部屋からも酒を持ってくると、私達は二人で乾杯をした。

部屋に置いてある酒はどれも日本酒で、あまり飲み慣れない私には味の善しあしは分からなかったが、このあまりに非現実的過ぎる状況で、昂《たかぶ》る気持ちを鎮静化してくれるのに大いに役立った。

座椅子に座り、ちびちびと飲む。

有龍は畳の上に敷いた座布団に肘をついて横たわり、空いた方の手で酒を飲んでいた。

浴衣が少々はだけて、セクシーだ。私がたとえ「誘惑された」と騒いでも文句は言えないと思う。

酒を片手に、兄や大学の話をする。

更に酒が進むと、私は高校時代の冬馬について話をした。彼は学校内でいつも注目の的だった。主に女子達から。

「冬馬君が廊下を通ると、大抵どこからか黄色い悲鳴が上がってました。ある時、朝礼で貧血になって、ふらついた女子を冬馬君が抱きとめたんですが、その子嬉し過ぎて失神しちゃったんですよ」

「真穂も悲鳴を上げている一人だったのか？」

力一杯、否定する。冬馬が好きだなんて誤解を受けたら大変だ。有龍の方が、ずっとずっと……、あれ？　ずっとなんだと言うのだろう。

私は焦る気持ちを持て余し、すぐ近くの床の間を見上げた。飾られた掛け軸の絵に意識を集中する。

それは不思議な絵だった。白い地面に長い布を、着物姿の男性が並べている。

「これも、現世で買い付けてきたものなんでしょうかね？」

「そうかもしれないな。それは雪晒《ゆきさら》しを描いたものだろう」

雪晒しって何ですか、と私が尋ねると有龍は腰を上げ、床の間の前まで移動してきた。

そうして掛け軸を眺めながら、その前に腰を下ろす。

「主に雪国で伝統的に行われてきた、織物を作る工程の一つだ。雪の上に布を並べて漂白をする」

有龍の知識に感心する。

「お詳しいですねぇ。有龍さんも実際に織物を作られるんですか？」

「資料館で体験講座を頻繁に開いているからな。流石《さすが》に雪晒しはしないが」

「体験講座って、面白そうですね！」

「是非来てくれ。特に夏は自由研究目当ての子どもが、大量に参加してくれるぞ」

「やっぱり遠慮しておきます……」

即答すると有龍が笑う。学生の私は、有龍から見れば随分幼く見えるのかもしれない。

有龍の目にはそんな風に映っているのかと思うと、少し傷つく。

私達はそうして掛け軸の前に並んで座り、少しの間無言で見上げていた。

私が騒がないからか、提灯はもう動いていなかった。

やがて顔は掛け軸に向けたまま、視線だけをゆっくりと有龍に戻す。

揺らめく提灯の明かりが這《は》うように有龍の背中を照らし、彼をどこか物憂げに見せている。こうして手を伸ばせば触れるほどに近くで見ていると、あやかしにはまるで見えない。

長い沈黙の後、有龍は独り言のように言った。

「母は、一枚の浴衣を織っているんだ。――父にいつかあげる為に。綿花から糸を作り、染色し途方もない時間と手間をかけて」

「凄《すご》いですね。一から手作業の着物づくりって、完成するのにどれくらいかかるものなんですか？」

有龍は掛け軸から自分の浴衣の袖《そで》に視線を移した。そうしてその生地を指先で軽く撫《な》でる。

「きっと父の浴衣は完成しない。有龍家は父を拒絶し、怒らせた。だから母は自分が許されないことを知っている。母が隠世《かくりよ》に行く決断をできないのは、そのせいだろう。それでも、いつか会えるかもしれない、という希望を持ちたいからこそ、母は作業を続けているんだ」

それは、なんて切ない作業だろう。渡せる日の来ない贈り物を作り続ける有龍の母の気持ちは、私には推し量れない。

「でも、もし完成したら有龍さんがお渡しできるじゃないですか」

そう言うと有龍は苦笑した。その苦い表情には、どこか己に対する嘲《あざけ》りの色がある。

「俺も、同じかもしれないな。父に一人で会いに行く勇気が、果たしていつか持てるかどうか」

私も有龍の為に何かしたい。そう思ってなかなか大胆なことを口走る。

「それなら私、一緒に来ます！　隠世まで又お付き合いしますから」

言ってから己の発言を後悔する。今回、付き合ってもらっているのは、私の方ではないか。

有龍は顔を上げてくれなかった。それどころか固まってしまい、一瞬口を開いて又すぐに閉じ、黙り込んだ。

(図々《ずうずう》しいこと言っちゃったかな？　どうしよう。恥ずかし過ぎる……)

内心焦っていると有龍はようやく顔を上げた。彼は少し強張《こわば》っていた頰を、徐々に緩めた。微《かす》かにその口角が上がり、静かに呟《つぶや》く。

「そんな風に誰かに言ってもらえる日が来るとは、夢にも思わなかったな」

安堵《あんど》のあまり、私も微笑む。有龍は珍しくも少し照れたように伏し目がちに笑って言った。

「ありがとう。その時まで覚えてくれていたら、ぜひお願いしよう」

良かった。いつか私でも有龍の力になれることが、あるかもしれない。自分が彼にとって、ただの厄介な小娘から少しは昇格できたような気がして嬉《うれ》しくなる。

「絶対忘れません！　約束します」

私は力一杯そう宣言し、自分のこぶしをぎゅっと握った。

有龍の後ろでは提灯がくたびれたように舌を出したまま、微動だにしない。

私は今更のように、言った。

「有龍さん、ここまで連れてきてくれて、本当にありがとうございます。一人だったら、どうなっていたか」

「礼はお前の兄が無事帰ってから言ってもらおうか」

「謙虚なんですね」

「自慢にもならないが、謙虚と言われたことはほとんどないな」

だから、そう言ってしまうところが、謙虚なのだ。そう思って私がくすりと笑うと、釣られたのか有龍も小さく笑った。

「気にするな。俺がただ真穂を助けたいから、手伝っているだけだ」

ふと気づけば有龍がじっと私を見つめていた。

非の打ち所がないほど整った顔にそうして視線を注がれると、いたたまれず萎縮《いしゅく》してしまう。

有龍は床の間の横に延びる、飴色《あめいろ》の柱に肩をもたれさせると、私の目の奥を覗《のぞ》き込むような、探る視線をこちらに寄越《よこ》した。

「今、付き合っている男《やつ》はいたりするのか？」

どうしてそんなことを急に聞くんだろう。外泊がバレたら気まずいから？　でも有龍が
そんなことを気にするようには思えない。

「わ、私に彼氏がいるのと……いないのと、どっちがいいですか？」

すると有龍は声を立てて笑った。

「なんだそれは。どっちだと言ってほしいんだ？」

きっと今、茹《ゆ》で蛸《だこ》みたいに真っ赤になってる。そう自覚しながらも、正直に答える。

「いない方」

楽しげに有龍の瞳が躍る。喉《のど》を鳴らして笑うと、不意に笑みを収め、溜《た》め息と共に囁《ささや》く。

「──可愛いな」

きっと酔ってる。視界不良なんだろう。

少し充血した目で、有龍は瞬《まばた》きを忘れる勢いで私を見つめていた。

「有龍さん、大丈夫ですか？」

「──だめだ。なんだか、キスしたくなった」

「えっ⁉　今なんて……」

そう言うなり、有龍の綺麗な顔が眼前に迫る。

「ちょっと、顔が近いです！」

「どうせ現世に戻れば、忘れるんだろう」

「なんですかその屁理屈《へりくつ》は――」

「だいたい、兄が帰ってきたら大蛇なんてどうでもよくなるんだろ？」

ならない！　と心の中で答えながらも、私の目は有龍の伏せられた切れ長の漆黒の瞳《ひとみ》に釘付《くぎづ》けだ。その視線が私の唇に落とされ、猛烈にドキドキしてきて身体中が熱くなる。

不意に有龍が視線を流し、彼の身体が私の傍から離れた。

続きでも期待していたのか、不覚にもがっかりしてしまう。

「止められなくなりそうだから、やめるよ」

有龍が再び柱にもたれかかり、脱力したように座り込む。

「あの、私――嫌じゃなかったですよ」

頑張って素直に打ち明けるが、有龍はもうこちらを見てくれない。部屋の隅に視線を落とし、ただ横顔を見せている。

「だめだ。お前が忘れるのを分かって、こんなことしてる。寝込みを襲ってる気分になる」

その誠実すぎる心根に、胸がヒリヒリした。

私達は二人で静かに夜明けを待った。座椅子を窓の方に向け、酒瓶片手に真っ暗な夜空をぼんやりと見つめる。

大半の時間が会話なく過ぎていった。時折有龍が私の方を見て、二人の目が合うとゆっくりとその視線が離され、彼はまた無言で窓の外を見た。

私達はただ一緒にいて、黙ってお酒を飲んだ。

何をするわけでもない、だがその心地よい二人の時間に、身をゆだねた。

やがて座椅子の横の畳の上に投げ出していた手が、軽く触れ合う。

どちらから動かしたのか、分からない。もしかしたら、どちらともかもしれない。

触れ合っていていいんだ、とでも言うように、私達はそうして手を重ねたままでいた。

ただそれだけで、溢《あふ》れるような高揚感でいっぱいになった。手が触れ合うだけで、どうしてこんなに溢れるような幸福を感じられるんだろう。お酒と有龍のどちらに酔っているのか、胸が高鳴る。

誠牙は、人は隠世での記憶を失ってしまうと言っていた。それは本当だろうか。こうしていると、とてもそうは思えない。

この奇天烈《きてれつ》な夜のことを、忘れるはずがない。

大蛇様と狐のお宿に泊まった、不安と喜びに満ちたこの気持ちを。

翌朝、日の出とともに宿を出た。

少年狐が小さな両手を千切れんばかりに振り、宿の玄関で見送ってくれる。

有龍としっかりと手を繫《つな》ぎ、大鳥居までを歩いた。

無事、早朝の朝もやで霞《かす》む上野公園に帰ると、有龍は心配そうに言った。

「無断で外泊してしまったな。親が心配しているだろう」

「実は親は今イギリスに行っていて、家にいないんです」

今更のように話す。有龍は両眉《まゆ》を軽く跳ね上げた。

「そうだったのか。——だからずっと一人で慌てているのか」

「兄が隠世でトラブルに巻き込まれてるかもしれないから帰国しろ、なんてまさか言えないし……」

肩を竦《すく》めてから有龍は尋ねてきた。

「お前たち兄妹《きょうだい》は、生まれつきあやかしが見えたのか？」

正直言って覚えていない。素直にそれを伝える。

「有龍家の者達は代々あやかしが見える。だがお前の家はそうではないのだろう？」

「うちは、私とお兄ちゃん以外は誰も見えません」

「それも違和感があった。きっと、見えるようになった何かがあったはずだ。子どもの頃に」

瀬介の話を思い出す。兄は気づかないうちに、何かしでかしたに違いない。

「親は何か知らないのか？」

「そういうのには凄く疎いんです。母は何も分かっていないし……」

心当たりがありそうな人は誰だろう。

少しの間、考え込む。

東久留米にいた頃、いつも一緒に遊んでいたのは、当時隣家に住んでいた友達の由花《ゆいか》だ。

由花は私より三歳年上で、お姉さん的な存在だ。現在も家族ぐるみで付き合いが続いている。

学校や幼稚園が終わると午後はたいてい、兄と由花の三人で毎日遊んでいた。まるで三人きょうだいのように。由花なら、何か覚えているかもしれない。

今は都内のメガバンクでバリバリ働いているのだ。会うなら夜しかない。

「急に会いたいなんて言って、ごめんね！」

待ち合わせた東日本橋《ひがしにほんばし》のレストランに由花が現れると、私は手を合わせて詫《わ》びた。丁度夕食時を迎えた為、レストランは満席になっていた。午前中の内に予約しておいて正解だった。

水色のシャツにベージュのタイトスカートという、いかにも働く女性らしい服装でやって来た由花は、笑顔で私の向かいの席に座った。爽《さわ》やかなショートカットが、眩《まぶ》しい。長い方が重力で纏《まと》まる、を言いわけに無造作に伸ばしている自分の髪型が少々恥ずかしくなる。

「夕食作るの面倒だったから、ナイスタイミングなお誘いだったよ！　こっちこそ、うちの近くまで出てきてもらっちゃってごめん」

食事を注文し終えると、本題に入る前にまずは近況を聞く。

「お仕事相変わらず忙しい？」

すると由花はお絞りで手を拭《ふ》きながら、苦笑した。

「忙しいよぉ。真穂は卒業したら就職するんでしょう？　体力に自身がなかったら、うちの銀行には来ない方がいいよ。たっちゃんは留学するんだっけ？」

兄は父がいるイギリスに留学したいと息巻いている時期があった。だが今は留学熱が冷めたのか、進学も就職も視野に入れている。そのことを話すと、由花は声を立てて笑った。

「うん！　それ、いかにもたっちゃんらしいや」

「かくいう私も、まだ自分がどういう仕事がしたいか、よく分からないんだよね。就活って難しい」

「分析し過ぎると、どつぼにはまるよ。狙うだけならタダなんだし、上目指しておかないと後で後悔するかも。――まぁ、すっごい悩んで決めたなら、きっと後悔しないよ。まだ時間あるし、今のうちに悩んで悩みまくって！」

兄は悩んで選択肢を広げ過ぎて、結局更に悩んでいた。何でも挑戦することと、何も得られないことは案外紙一重なのかもしれない。

最初に紅茶が運ばれてくると、由花はスマホで写真を撮り始めた。

「ここの紅茶って見た目も可愛いし、凄《すご》く美味《おい》しいんだよね」

花の香りが付いた紅茶で、茶葉の中に大きな花が入っており、湯の中で花開くように膨らむ。

「でも一瞬の芸術なんだよね。長く浸し過ぎると今度はお茶が美味しくなくなっちゃうから」

二人で喉を潤すと、私はいよいよ本題に入った。

「ねぇ由花ちゃん、――お兄ちゃんって昔から変なモノが見えたでしょ？」

「そうだね。たっちゃん霊感が強いよね」

「霊感……っていうか、霊感なのかな。まぁいいか。……そう、それ。いつから見えるようになったか覚えてる？」

少し考えてから由花は呟《つぶや》いた。

「私もはっきり覚えてないんだけど、たっちゃんが小学校に入る少し前だったと思うよ。だからたっちゃんが五歳くらいの頃かな。急に妙なこと言うようになったんだよね。……あれって、今思えば頭打ったからなんじゃないかなぁ」

由花によれば、河原に子ども達だけで作った秘密基地があったのだが、ある時兄はそこで転倒し、基地を半壊させたらしい。

「あっ、秘密基地はなんとなく覚えてる……！」

近所の子ども達が集まっては、中でお菓子を食べたり、ベニヤ板で増築をしていた。そんな記憶が薄っすらと蘇《よみがえ》る。

たしか近くの空き家から盗んだ網戸やブロックを使って作った為、大人達には絶対に秘密にしていたのだ。

「考えてみれば、そのくらいの頃からなんだよね。たっちゃんがオバケ見えるようになったの」

私にはそれと兄の能力に関連があるのか判断はつかない。有龍に会って聞いてみなければ。そう思うと急にわくわくし始めている自分に気が付く。

(あれっ、おかしいな。どうして私、こんなに舞い上がってるんだろう?)

彼に会う口実ができて、それを純粋に喜んでいる自分がいた。

第四章　私が知らない、私の秘密

翌日有龍《うりゅう》織物資料館を訪れると、受付に座っていたのは、なんと冬馬《とうま》だった。

驚く私をよそに、冬馬は苦笑しつつ説明をした。

「たまに叔母《おば》さんに頼まれて、ここの受付のバイトをしてるんだよ」

「そうなんだ。いつもは有龍さんのお母さんだから、びっくりした」

昼下がりの最も暑い時間にここまで歩いたせいで、化粧もセルフクレンジング状態だ。すっぴんを毎日披露していた高校時代の級友とはいえ、恥ずかしい。そんな私の羞恥心《しゅうちしん》をよそに、冬馬は私の顔を覗《のぞ》き込んで言った。

「随分頻繁に来てくれてるんだね。永沢《ながさわ》さん、織物に興味あるの？　それとも──お目当ては洸《こう》兄？」

「どっちでもないよ！　ちょっと困ったことがあって、有龍さんに相談しているだけだよ」

「困ったことって？　ひょっとしてこの前の東久留米《ひがしくるめ》の川の水草と、何か関係あるの？

──もしかしてあやかし絡みのこと？」

「えっと……。まぁ、そんな感じなんだけど」

積極的に説明したくはないが、有龍狙いで足繁くここに通っていると思われるより、素直に教えた方がマシかもしれない。それに見える人が身内に多くいるらしい冬馬なら、何か分かることがあるかも。

仕方なく兄の話を冬馬にする。

すると冬馬はあっさりと言ってのけた。

「頭を打ったからって、あやかしが見えるようになったりはしないと思うけど」

そうかもしれないが、全否定してしまうと何も解明できない。

「永沢さんのお兄さん、心配だね。昔から少しは見えるから俺も分かるけど、あやかしなんかと関わると、碌《ろく》なことないよ」

「う、うん。そうなのかな……」

「その伽耶《かや》って奴も、洸兄に食べてもらっちゃえば？　一応半分は大蛇のあやかしなんだから、そのくらい朝飯前だよ」

賛同しかねて返事に詰まる。

それに、冬馬が有龍の話をする時に、どこか蔑《さげす》みを感じるのは気のせいではないだろう。

冬馬が私なぞに興味を抱くはずがない。メールアドレスを聞いてきたり、忠告などをしてきたのは、きっと本当は有龍に興味があるからだ。一方で、隠しようもなく嫌悪している。困惑していると、来館者用のパンフレットを私に手渡しながら、冬馬がスマホをズボンのポケットから取り出す。

「そういや、水天宮《すいてんぐう》公園の池が今、ネットで話題になってるの知ってる？」

既に何度かもらっているパンフレットを大事に鞄《かばん》にしまいながら、首を左右に振る。

冬馬はスマホをいじり、こちらに画面を向けた。そこにはインスタグラムに投稿された水天宮公園の池らしき写真が溢《あふ》れ、冬馬が指で数回画面をスクロールしても、まだ下に続いている。

「水天宮公園って東久留米にある公園だよね？　あの池がどうして？」

水天宮池は大きな池だが、周囲を葦《あし》に囲まれたなんの変哲もない池だ。SNS映えは到底狙えそうもないが。

「最近、池に未知の生命体が出ると専らの噂らしいよ。通称スッシー」

「寿司《すし》のあやかしみたいな名前だね」

早く有龍に会いたくて、軽い相槌《あいづち》を打つ。正直、なんでそんな与太話をするのだろうかと不思議に思いながら。

促されてスマホを覗き込むと、確かにどの投稿にも「スッシー」とハッシュタグが付けられている。

「夜中に池の真ん中で光る目を見たとか、水面が泡立ったとか、淡い光が見えたとか、最近妙な目撃情報が相次いでるんだよね。このネットニュースの記事、読んでよ」

冬馬が受付越しにスマホを渡してくれたので、それを受け取り記事を読む。

記事のタイトルは「スッシー、現る！」だ。記事によれば数日前から池を泳ぐ大きな生き物や、夜中に水面で赤く輝く目が目撃されているらしい。

読者から寄せられたたくさんの写真も掲載されており、中には池の真ん中に浮かぶ、毛深い茶色の生物の写真もあった。

「この毛むくじゃらが、スッシー？」

「気にならない？　水天宮公園は落合《おちあい》川のすぐ傍にあるんだよ」

はっと目を見開き、画面を食い入るように見る。池に中島があり、木の橋が渡されている。

撮影角度は微妙に異なれど、兄の部屋にあった伽耶の写真に写っていた池と、酷似しているではないか……。

あれはもしや、水天宮池で撮ったものだったのだろうか。急に胸がざわつき、スマホを持つ手に力が入る。言われてみれば、スッシーの毛並みはカワウソに似ていなくもない。

「真穂《まほ》じゃないか。何してるんだ？」

突然の呼びかけに振り返ると、廊下の先から有龍が歩いてやって来ていた。怪訝《けげん》そうに私と冬馬の間で視線を往復させている。

「有龍さん、これ見て下さい」

興奮冷めやらぬまま、冬馬のスマホを有龍にも見せる。

「冬馬君にもお兄ちゃんのことを話したんです。そしたら、今こんなニュースが丁度話題になっているみたいで」

有龍は眉根《まゆね》を寄せながら、画面に見入った。

「きっと兄は伽耶さんと水天宮池に行ったことがあるんです。私、ここに行ってみようと思います！」

「一人で行くのはやめておけ。こんな風に急に敢《あ》えて目立つようなことをして、まるで誰かをおびき寄せようという意図を感じる」

「誰かって、誰を……？」

有龍は無言で私を見下ろしていた。その表情は言葉より答えを雄弁に語っていた。

私——？

「大事なことを忘れているだろう？　曲がりなりにもあやかしが見えるということは、お前も兄と立場は変わらない。恐らくお前の兄は昔、何らかの方法で伽耶の恋人の封印を解いたんだ。お前もその時、近くにいて何かがあったんだろう。だから見る力を持っているんだ。明日《あした》、俺も一緒に行く」

私には全く身に覚えのないことで、返事に困った。

西武 池袋《いけぶくろ》線に乗るのは、十年ぶりだった。

東久留米駅に電車が到着すると、懐かしさと焦りという、やや矛盾する感情に翻弄《ほんろう》されながらホームに降りる。通勤や登校時刻がとうに過ぎた東久留米駅前は、同じ都内の上野《うえの》駅と比べると嘘のように静かだ。

ホームの端で鏡を出して、髪を整えて身だしなみをチェックする。今日はお気に入りのサロペットを穿《は》いてきたのだ。グレーとピンク色のギンガムチェックが可愛らしいけれど、河原でも動きやすいので丁度いい。真剣な兄捜しのはずが、おしゃれに気を遣ってしまう自分がいる。

今日は兄が旅立ってから、十一日目だ。

なんとか早いうちに、伽耶か兄のもとに辿《たど》り着きたい。

改札を通ると、有龍が既に待ち合わせ場所で私を待っていた。

「お仕事をお休みしてもらっちゃって、申しわけありません」

合流するなり、有龍に頭を下げる。

「乗りかかった船だからな。気にするな」

二人で歩いて、駅から落合川に向かう。

駅を出ると長閑《のどか》な街並みが続く。

他愛《たあい》ない話をしながら、有龍と二十分ほど歩いた。

やがて、日を浴びてキラキラと輝く落合川の流れが見えてくる。

都心の川と異なり、川底が見えるほどの清流だ。

水深も浅く、毎年この季節になると、子供たちが水遊びをする光景が見られる。

小学生の時まで住んでいたので、その頃の記憶を辿り川沿いを進む。兄とよく遊んだ広い河川敷まで行くのだ。

川のせせらぎを聞きながら進んでいると、後ろから車のクラクションが鳴り、間髪を容《い》れずに聞き覚えのある声が聞こえた。

「ちょっとぉ！　やっと見つけた！　待ち合わせ場所を『落合川』なんて、大雑把な指定しないでよね～！」

これとほとんど変わらない台詞《せりふ》を、つい最近聞いた気がする。

橘《たちばな》が真っ赤な乗用車から顔を出し、呆《あき》れ顔で有龍を見ている。青地に赤い薔薇《ばら》が咲く、色鮮やか過ぎるシャツが彼らしい。あれ、どこで売ってるんだろう。レジまで持って行く間に、色んな葛藤《かっとう》は起きなかったんだろうか。

「橘さんも呼んだんですか？」

驚いて有龍に尋ねると、彼は首を縦に振った。

橘は車から下りると、こちらへ小走りでやってきた。

「有龍ちゃん、電話一本で気軽に召集しないでくれる？ 私、使い魔じゃないのよ！」

「都庁の本庁舎がある新宿《しんじゅく》から来てくれたのか？」

「違うわ。今日はたまたま仕事でこの近くに来ていたのよ」

「どうせスッシー騒ぎの水天宮池に駆り出されてたんだろう？」

そうなのだろうか。驚いて橘を見ると、彼も意表を突かれたように、目を瞬《しばた》いていた。

「多分スッシーは伽耶だ。こちらを手伝えば、そちらの仕事も片付くぞ」

そう言うと、有龍は橘に隠世《かくりよ》での顚末《てんまつ》を話し始めた。

河原を練り歩き始めて三十分ほど経過した頃、広い河川敷に出た。

真夏の太陽の下、元気いっぱいといった様子の幼い兄弟が、母親に連れられて川遊びをしている。兄弟が川の中を走るたび、水飛沫《みずしぶき》が小さな光の玉のように跳ね上がる。

馴染《なじ》みのある景色に自然と早足になりながら、少し後ろを歩く有龍と橘に言う。

「小さい頃、ここでよく遊びました。多分秘密基地があったのも、この辺りだったと思います」

長く伸びた河原の雑草を踏みしめて、秘密基地の残骸《ざんがい》を求めて彷徨《さまよ》う。

顔を上げると、川岸には二匹の河童《かっぱ》がいた。

太郎《たろう》より一回り身体が小さいから、まだ子どもなのだろう。

兄弟なのか、小さい方の河童が兄らしき河童の近くにじっと座り、兄河童が胡瓜を川の水で洗うのを見つめている。

やがて兄河童が胡瓜を半分に割り、小さい方を弟河童に手渡した。

途端に弟河童が怒り出し、あっという間に取っ組み合いが始まった。

兄弟喧嘩《きょうだいげんか》の原因は、どこも似たり寄ったりらしい。

「それっぽいものは、特に見当たらないわねぇ」

橘が歩きながらボヤく。

実際に私が秘密基地で遊んだのは、もう十年以上前のことだ。片付けられていても不思議はない。大人から見ればガラクタにしか見えなかっただろう。

「この岩、よく見れば人工的な形をしているな」

有龍に呼ばれて近くに行くと、伸びた草の茂みの中に、円形の黒い岩があった。

すぐ傍には痩《や》せた木が一本あり、何気なくそれを見上げて私はあっと呟《つぶや》いた。

秘密基地の隣には細い木があって、私は背伸びして必死にロープを枝に掛けようとしたのだっけ……。

そこにブランコを作ろうとしたのだ。

有龍にそう伝えると、彼は橘に視線を移した。経験からくる条件反射か、橘は瞬時に頬を引きつらせて身構える。

「ここに以前何があったのか、調べてくれないか？　言い伝えでも構わない」

「そうくると思った～」

不平を漏らしつつも、橘はさっさと車に乗り込み、市役所へ向かっていった。

そのフットワークの軽さには目を見張るものがあった。

「橘さん……本当に使い魔みたいですね」

「大それたことを言うもんじゃない。橘さんはああ見えても機械対策室のドンと言われていて、過去都内の殆《ほとん》どの区役所にも出向していた経験がある。物凄《ものすご》い情報通だぞ。東京をねぐらにするあやかしなら、橘さんを知らないものはいない」

「それじゃ、橘さんってお幾つなんですか？　結構お若く見えますけど」

「以前、軽い気持ちで年齢を聞いたら冷たい目で叱られてね。それだけは橘さんに聞くもんじゃない」

余計気になってしまった。

橘と別れると私達は昼食を取り、今度は駅から反対方向へ更に向かった。目指すは水天宮公園だ。

住宅街の真ん中にある、水天宮公園は南側から入るとブランコや滑り台といった遊具が置かれ、そこを通り過ぎた北側に池があった。

真夏の強烈な陽に照らされ、水面が不規則に光っている。風を受けて池の周囲の葦《あし》の穂が波のように揺れ、一角には綺麗《きれい》に整備された橋も架けられていたが、これといった特徴のないごく一般的な池だ。

スッシーならぬネッシーの語源にもなった、元祖のネス湖はイギリスにある。廃墟《はいきょ》と化した城が見下ろし、ラムサール条約にも登録された美しい淡水湖だ。だが目の前の池は有名なそれとは違い、神秘的な雰囲気の欠片《かけら》もない。

そのありふれた池に、やたらと人が集まっていた。

「これってまさか、スッシー効果……？」

平日の公園の光景とは思えない。

老若男女が池の端に押し寄せ、スマホやカメラを構えている。中には、スッシー出てきてぇ！　と愛らしくも叫ぶ幼児さえいる。

水天宮池の周囲は、スッシー目当ての野次馬が大挙して押しかけていた。妙なことに、伽耶が人気者になってしまっている。

池までの距離が縮まると、隣を歩く有龍をふと見上げた。彼から緊張感のある固い空気を感じたのだ。

思わずその綺麗な顔を二度見してしまう。黒い瞳《ひとみ》が、チラチラと金色に光っているように見える。黒い直毛が、少し透けた茶色に変わり、柔らかそうにすら見える。

眩《まぶ》し過ぎる夏の直射日光のせい？

「有龍さん、どうしました？　なんかあやかしっぽい雰囲気がダダ漏れな感じが……」

注意をすると、彼は乱暴に自分の髪を撫《な》で付けた。その仕草で髪色が元に戻る。だが瞳の色は相変わらずだ。隠す為か、素早くサングラスを掛ける。

有龍は池の方角を顎《あご》で指し示しながら、口を開いた。

「間違いないな。あの池に、何かいる。池の真ん中辺りだ」

まさかスッシーが――伽耶がやはりここにいるのだろうか。目を凝らすが、この距離では遠過ぎる。空から照り付ける日差しを両手で避けながら、私が必死に目を凝らしていると有龍が続けた。

「水中にいるのは、かなり強いあやかしだ。――いや、今いなくなった。さては隠世に逃げ込んだな」

「私には何も見えないですけど、有龍さんは水の中まで見えちゃうんですか？」

透視でもできるんだろうか。

「俺は目からX線が出せるんでね」

「大蛇って凄《すご》いですね！　万能感半端ないです」

「そんなわけないだろ。……納得するなよ」

「えっ、冗談だったんですか!?　……だいぶ分かりにくいですよ、それ」

だいたい、私からしてみれば、隠世だの兄の恋人があやかしだの、大蛇の半妖《はんよう》という有龍の存在自体が嘘みたいな、信じられない話なのだ。

ここまでくれば、有龍がヘソで茶を沸かせても驚かない。

冗談が通じなかった私を呆れたように見下ろしながら、有龍が池を指差す。

「強い妖力《ようりょく》を持つあやかしは、遠くにいても分かるんだ。さっきまで池の中から、かなりの妖力を感じた――俺が人型を維持するのが大変なくらいの」

「ちょっと待って下さい。その姿っていつも頑張って維持してるんですか？」

基本形は大蛇の方なの？

「時と場合による。強い妖力の前では、引き摺《ず》られて身体が反応しそうになるものだ。特に最近はあやかしと頻繁に関わっているから、影響を受けやすくなっているんだろうな」

池を睨《にら》む有龍を見上げながら、誠牙《せいが》が言っていたことを思い出す。

有龍はあやかしを食べ過ぎたのではないだろうか。力を取り込み過ぎて、あやかし寄りに変わってきている。

そもそも不忍池《しのばずのいけ》での彼の大蛇姿を見てしまったのは、私の見る力が大きかったからではなく、彼の妖力が隠せないほど大きくなったからだ。

有龍の金色に輝く瞳を見ていると、隣にいる彼が実はとても遠い存在なのだ、という気がしてくる。いつか中立ではなく完全なるあやかしに染まり、この世界には住まなくなってしまうのではないだろうか。

「向こうも俺に気がついたんだろう」

「それって伽耶さんだったんでしょうか？」

ついに伽耶を見つけた？　でも、だとすれば兄はどこにいるのか。

「そこまでは分からない。……ただ、俺が池の近くにいると、伽耶は出てきてくれないかもしれないな」

私たちは遠目に池を眺めた。

スマホで水面の写真を撮っている人が多過ぎた。

これでは有龍がいなくても、伽耶は姿を現さないだろう。

「夜なら野次馬もいないでしょうから、後で一人で来てみます！　折角やっとここまで伽耶さんの近くに来れたんだし」

「一人で伽耶にどう太刀打ちするんだ？　やめておけ」


橘とは夕方、喫茶店で合流した。

注文した夕食の皿やグラスをテーブルの端に寄せると、橘はサンドイッチを片手に、どこで入手したのか古い地図をバサバサと広げた。

「市役所で色々聞いてきたわよ～。この辺も戦後かなり整備が進んだのよね。落合川の元々の上流は埋め立てられたり、川自体が橋とか道路の下を通されたり……」

有龍と私は黙って地図を見下ろす。壁際に置かれた手元のアイスティーのグラスに付いた小さな水滴が、一筋の線を描きながら落ちていき、大きな水滴となって紙製のコースターに吸い込まれる。

「……それで、いつのまにか忘れられてしまったのね。九十年くらい前に、川の主と呼ばれるあやかしを、修行中の拝み屋が封印したんですって」

「特に悪さを働いたわけでもない、川の主を封印したのか？」

有龍が険のある声で追及すると、橘はやや狼狽《うろた》え、開いた両手を顔の前でひらひらと振る。

「その存在だけで恐怖を覚える人もいるもの。あとは土地価格に影響するとか、当時の色んな事情があったみたい」

呆《あき》れたような溜《た》め息をつく有龍の前で、橘は手を伸ばして地図の一点を指した。川の横に小さく描かれた、丸い模様だ。

「岩に封印して、祠《ほこら》を建てたらしいわ。ちょうどここ――真穂ちゃん達が秘密基地とやらを作った場所よ」

思わずえっ、と叫ぶ。

「多分、祠が崩れてその土台の上に真穂ちゃん達はベニヤ板を組み立てて、秘密基地にしていたんじゃないかしら？　子どもって怖いもの知らずよね……」

祠の上で遊んでいたなんて、後から考えると背筋が寒くなる。

少し離れた席では、中年女性の団体が食事と会話を楽しんでいる。彼女たちの屈託のない笑い声が、別世界の音のように感じる。

有龍が自分のアイスティーを飲み終わると、口を開いた。

「お前の兄は基地ごと祠を壊して、封印を解いてしまったんだろう。それが川の主であり、伽耶の恋人だった。主の魂は封印と一緒に割れて、一番近くにいたお前達に取り憑《つ》いたんだ。そのせいで以来、二人にはあやかしが見えるんだろうな」

瀬介《せすけ》の話を聞いてから薄っすら気づいてはいたけれど、断言されると鳥肌が立った。思わず自分の両腕を抱いてしまう。

私の中にあやかしの――かつて調伏された川の主の魂が入っている？　率直に言って気持ちが悪い。

「どうりで真穂からは水の香りがするわけだ」

有龍がそう言うと、橘は目を瞬《しばた》き「全然分からないけど」と呟いた。

店内はショパンの優雅なBGMが流れていたが、私の心境は優雅からは程遠かった。

「私には何の自覚もないんですけど。どうしたらその魂を私から取り出せるんですか？」

「妖力で無理やり剝《は》がすことはできるな。まあ、人間に対してやってみたことはないが」

「あ、その方法は遠慮しときます」

私の反応に賛同したのか、橘が力強く何度も頷《うなず》く。

「追い出すのは難しくないわ。うちのお寺の父の札でも、可能だと思うの。問題はその後よ。どこかに飛んでいったり、他の人の中に入り込ませないようにするのが難しいわね」

「それなら、出てきたところを食ってやろう」

「食べるのはだめ！」

そんなことしたら、どんどん有龍のあやかし化が進んでしまう。

だが有龍は淡々と自分の計画を説明し始めた。

私を囮《おとり》に夜の水天宮池で、伽耶を池から出す。

私の中の主の魂を担保に、兄を返してもらう。

「その後で一気に伽耶と主を食ってしまえば、一件落着だ」

自信溢《あふ》れる有龍の話が終わると、私は手の平で地図をバン、と叩《たた》いて抗議した。

「どうして食べることで解決しようとするんですか！」

するると途端に有龍の黒い瞳が不穏に光った。

「真穂、お前俺が半妖だと忘れかけていただろう？」

「そうじゃありません。ただ、一応伽耶さんの話も聞いてみないと。それに兄にとっては仮にも恋人なのですし、そんな光景を目の前で見てしまったら……」

「伽耶は人に危害を加える危険なあやかしだ。ここが現世である以上、成敗する権利はこちらにある」

「でも伽耶さんは強いんでしょう？　もっと他の方法を考えましょう。お寺さんに相談するとか、もしくは誠牙さんにも知恵を借りて……」

「俺では力不足だと？　そもそもなぜ誠牙を頼る？」

有龍はテーブルの上に肘《ひじ》をつき、上半身を乗り出して私に忠告をしてきた。彼の隣に座る橘が、立ち込める不穏な空気に困惑した様子で、私と有龍を交互に見ている。

「俺に依頼しておきながら、色々と別口に二重に打診するのはやめてくれ。やりにくくなる。それがこの世界の仁義だ」

有龍を怒らせてしまったが、ここだけは私も引き下がるわけにはいかない。いや、引き下がりたくなかった。

帰りの電車の中。

私と有龍は気まずい沈黙のまま、ドアの近くに二人で立っていた。

外はすっかり暗く、景色を見ようにも真っ黒い車窓には車内の明かりと乗客の輪郭が映っているだけだ。

銀色の手すりに掴《つか》まりながら、そこに歪《ゆが》んで映る自分の顔を無言で見つめる。

有龍は顔を背けて車窓の方に視線を投げたまま、口を開いた。

「明日《あした》、夜に時間を作る。また東久留米駅で待ち合わせよう。――さっきは大きい声を出して、悪かったよ」

有龍の顔を見ることができなくて、自分の手を眺めたまま、無言で首を左右に振る。

車内放送が、次の駅名を告げた。

上野駅だ。

「――また遅くなったな。家まで送っていくよ」

「そんな。駅から家まで走ればすぐですから、結構です。近所に凄く噂好きの奥さんがいるんです。近所の人に見られたら、絶対色々吹聴《ふいちょう》されるし……」

「人目よりも、自分の安全を優先させたらどうだ?」

でも送ってもらって何かを期待してしまうのが、怖い。私が黙り込んでいると、有龍は視線をようやく車窓から離し、目が合う。

互いに不機嫌な表情をしている。

「くれぐれも日中に一人でノコノコ水天宮池に行くなよ? 伽耶の次の狙いは真穂だ。わざわざミズニラを詰めたあのスーツケースは、お前を誘《おび》き寄せることが目的だったのだから。勝手な行動をとるなよ?」

そんなのは分かっているけれど、そんな言い方ないじゃないの。

人はどうしたって、あやかしの前では非力だ。

たった一人の自宅に帰宅すると疲労を押して、真っすぐに上階にある兄の部屋に向かった。私にも、明日の夜までに何かできることがあるはずだ。なければ、探すまでだ。時間を無為に過ごしたくない。

兄の本棚にある、あやかし関係の本を読み漁《あさ》る。

川の主の魂を返したら、伽耶にも穏便に池にお引き取り願えないだろうか。もし不可能ならば、あやかしを有龍に食べさせることなく、封印するのはどうしたらいい?

私のせいで、有龍がさらにあやかしに近付いていってしまい、現世で生き辛《づら》くなってしまうような事態は全然私が望んでいることじゃない。

第五章　貘の夢屋

夜が明けると、私は上野《うえの》公園に向かった。

早朝の公園は静かで、まだ空気もひんやりとしている。西郷隆盛《さいごうたかもり》の像を右手に、階段を上り上野公園にたどり着く。

公園の敷地内に入ると、私が会いたかった人が向こうからやって来てくれた。九尾の狐の誠牙《せいが》だ。

まだ無人の広い上野公園の中で、二人で無言で見つめ合う。

私が彼に会いに来ることを、まるで知っていたかのように誠牙は穏やかに微笑む。

「お兄さんが隠世《かくりよ》に行って、今日で何日目かな？　もう、時間がないね。どうするつもりかな？」

私は緊張を解《ほぐ》すために、密《ひそ》かに深呼吸をしてから切り出した。

「誠牙さんにお願いがあります。油揚げをたくさんお供えしますから、隠世にある貘《ばく》の夢屋に私を連れて行ってもらえませんか？」

誠牙は穏やかな笑みを見せた。

「私と行っていいのかい？　隠世の希望の星、洸《こう》についた悪い虫を追い払う為に、その辺の穴に放り込んでくるかもしれないよ」

ふふふ、と誠牙が笑う。ちょっと待って。全然、笑うところじゃないと思う。

「そんなこと、誠牙さんはしません」

「おかしなことを言うね。誰しも、他者の作った評判という色眼鏡ごしにしか他人を見ないものだと思っていたがね。とりわけ人は、勝手に解釈に都合のいい像を当てはめるものだ」

「誠牙さん、それこそ貴方《あなた》がやっていることです。私をどうにか、信用ならない人間にしようとしているでしょう」

端整な顔立ちをほんの少し歪めて、皮肉そうに微笑むと誠牙は手を差し出した。


赤い鳥居が延々と続く神社の前の道。

そこは賑《にぎ》やかな上野公園内とは思えないほど、相変わらず静謐《せいひつ》な空気に包まれていた。

鳥居の入り口に並んで誠牙と立つと、彼は私を見下ろした。

「何を企《たくら》んでいるのかな？」

「私にも出来ることがあるはずです。だから、ついてきて下さい」

誠牙はおや、と笑った。

「君が私についてくるんだと思っていたけどな」

誠牙が私の手を取った瞬間、風が鳥居に向けて吹く。

無言で誠牙と私は駆け出し、隠世に向かう。


朝早いからか、貘の夢屋は数人の客しか並んでいなかった。

誠牙と二人で並ぶと、私の存在に気づいた他の客が、「ニンゲンか？」と呟《つぶや》きながらこちらを凝視する。

その視線が気まずくて、誠牙の大きな九本の尾の後ろに身を隠す。

順番が来ると、朱色の扉が開き、案内係らしきあやかしが中から現れた。

地味な薄茶色の着物を着た、ふくよかな中年の女だ。

鼻が大きくて、とても高いので外国の人にも見える。髪の色は実に奇抜な緑色だった。

このあやかしが貘なのだろうか？

隠世で書いたメモに従い、アリクイとバクについて調べた後、あやかしの貘についても私なりに情報収集をした。

貘はかなり変わった姿形をしていて、象の鼻にサイの目、熊の身体に虎の足を持つのだという。特徴的な多種の動物を切り貼りして神様が作ったのかもしれない。

そんなことを考えながら、後ろを歩く。

薄暗い廊下が奥へと続き、踏みしめる度に床がギシギシと鳴る。窓がないので中は大層暗く、女が持つ赤い提灯《ちょうちん》だけが頼りだ。手の届く範囲のみが弱い明かりで照らされ、一寸先はまさに闇。

歩くに連れて、次第に自分たちの存在すら、不確かに思えてくる。

やがて女は一枚の扉の前で立ち止まった。

扉には「壱《いち》」と書かれた表札が下げられている。

彼女は私たちを振り返ると、口を開いた。

「本日若先生はお休みでして。久しぶりに大先生が診て下さいます。お客様は幸運ですわ」

なにぶん初めてなのでよく分からないが、取り敢《あ》えず社交的に笑顔を披露しておく。偉い貘が接客してくれるらしい。

扉が開かれると、私たちは女に促されて中に入った。

室内はそれほど広くなく、やはり薄暗い。

奥には四角い机を挟んで、初老のあやかしが座っている。

高い鼻に、大きな身体。髪は緩やかに巻く金色だ。

手すり付きの椅子にピッタリと身体がハマり、立ち上がるのが億劫《おっくう》そうに見える。むしろ立てるのだろうか、と心配になる。

パタン、という音に振り返ると、扉が閉まりここまで案内してくれた女はもういなくなっていた。

「これはこれは。お珍しいお客様だ」

真円のような灰色の瞳《ひとみ》を更に丸くさせ、椅子の上の獏が笑う。

差し出された手に誘導され、私も彼と向かいに置かれた椅子に腰掛ける。

椅子は布張りで、背もたれと座面に分厚い綿が入っているのか、非常に座り心地が好《よ》い。

客用の椅子は一脚しかなく、誠牙は私の少し後ろに立っていた。

「さて、お客様はどのような夢をご所望かな？」

「実はもう長いこと、私の中にあやかしが住んでいるんです。彼の見たものを、確かめたいのです」

そう言うと、獏は丸い目を数回、可愛らしく瞬《しばた》いた。無言で私を凝視し、その短い首をこちらに近づける。獏の重量感ある背が、椅子から微《かす》かに浮く。

ややあってから獏は頭を上下に動かし、何度も頷《うなず》いた。

「なぁるほど。とても分かりにくいけれど、ごく微かにだけれど、君の中に何か住み着いているようだね。成功するかは君次第だけども、やってみようね」

フッ、と獏が息を吐くと、机上の蠟燭《ろうそく》の火が半分消える。一層暗くなった室内に、微かに水音が聞こえる。

ようやく気づいたが、どうやら近くに池があるようだ。鹿威《ししおど》しが軽やかに石を打つ音が一定間隔で響き、絶え間なく流れる水の音がその隙間を埋める。

私達は暫《しばら》く誰も口を開かなかった。

互いに妙だと思ったのか、獏が目を激しく瞬く。

「おや。寝ないね。あやかしなら六割がここで寝ちゃうんだがな。人はそうはいかないようだね」

少し焦った様子で獏が机の引き出しから、何やら取り出した。

陶器製の小さな香炉だ。

獏が手慣れた仕草でマッチの火をつけ、香に灯《とも》す。

やがてゆらゆらと香炉から煙が舞い上がり、同時に香りが室内に充満しだす。

甘く濃厚な、花のような香りだ。

少し強過ぎる感があり、あまり好みではない。

香を挟んで貘と見つめ合う不思議な時間が続き、やがてドサリと重い音が背後から聞こえた。

驚いて振り返ると、なんと誠牙が身体をくの字に曲げて床に寝転がっている。

「ちょっと、誠牙さん……!?」

何が起きたのか一瞬理解できず、身体が固まる。

貘はくすりと笑いながら言った。

「おやおや。お連れさんが寝てしまったね」

誠牙は目を閉じ、微動だにしない。

どうやら香が覿面《てきめん》に効いたらしい。

「仕方がないなぁ。じゃ、これを飲んでくれるかな?」

貘に差し出されたのは、小さな紙に包まれた粉だった。貘が湯呑《ゆの》みに急須《きゅうす》から水を注ぎ、私の前に置く。

睡眠薬だろうか。

目を上げると貘はじっと私を見つめている。その灰色の少し離れた丸い目は、どことなく表情を欠き、考えが読めない。

再び手元の粉に視線を戻す。飲まなければ、ここまで来た意味がない。

私は生唾《なまつば》を嚥下《えんか》し、意を決して粉を仰ぐ。粉が喉《のど》に引っかかったが、水で懸命に喉の奥まで流し込む。

「徐々に眠くなるからね。眠気に抗《あらが》わずに、流れに身を任せるんだよ。僕の声をよ〜く聞いて、流れを泳いで……」

ゆったりとした獏の話し声がやがて遠ざかり、視界に暗い幕が下りてくる。

そのまま急峻《きゅうしゅん》な山を転がり落ちるように、私は眠りの世界に入っていく。ただ山肌だけがぼんやりと視界の端に入り、麓《ふもと》は闇に包まれていて定かではない。

暗闇が晴れると、足元は芝だった。どこかに立っている。

ここはどこだろう……？　夢の中？

まだ薄い霧が辺りに立ち込め、視界は開けない。

柔らかな風が吹き、霧が徐々に晴れていく。

足元を見下ろせば、所々に薄く雪が積もっている。今は夏真っ盛りのはずだが、ここは——私が今見ている夢の中は、どうやら冬らしい。

やがて木立が見えてくると、その間から不意に一人の若い女が飛び出してきた。目鼻立ちの整った、とても綺麗《きれい》な人だ。長い黒髪を冷たい冬の風に靡《なび》かせている。

気のせいだろうか。意志の強そうな黒目がちな瞳には、見覚えがあった。どこかで会ったような気がするが、思い出せない。

桃色のワンピースを着て、肩周りに暖かそうなストールを巻いている。両手に大きな風《ふ》呂《ろ》敷《しきづつ》包みを抱えているが、余程急いでいるのか息を切らしながら小走りしている。愛らしい口元から出る呼気が白い。

これは何だろう？

私は何を見ているのだろうか？

すぐに遠ざかる彼女を、まるで吸い寄せられるように追う。

彼女の後に続く一歩一歩の度に、不思議と歓喜に胸が高鳴る。

この痛いほどの鼓動が何なのか理解できず、自分の胸を思わず押さえる。

じきに彼女は小さな池の前に走り出た。

「水神様、園子《そのこ》です！　お供えを持って参りました」

池を見つめていた彼女の目が、不意に嬉《うれ》しげに躍り、顔いっぱいの笑顔を見せる。

池の水面を、ゆっくりと歩いて来る男がいた。

水面が凍っているのではない。

男が只者《ただもの》でないことは、その容貌《ようぼう》からも分かる。美男に間違いないが、何より目が金色だったのだ。青い羽織を風に靡かせ、和服を纏《まと》っているが、首には黒い毛皮のマフラーを巻いている。

男は園子と名乗った女の手から、風呂敷包みを受け取った。

「池に投げこんでくれればこと足りる、と教えたではないか」

「でも、こうしてお渡しした方が、水神様とお会いできますから。いけませんか？」

小首を傾げて男を見上げる園子の姿から、水神がさっと目を逸《そ》らす。

「いけないとは言っていない。そうしたいなら、好きに致せ」

「水神様、今日は菓子を焼いて参りました」

ガサゴソと肘《ひじ》に掛けていた紙袋を開き、園子が水神に中を見せる。

「マドレーヌというものです。一緒に食べましょう」

二人は池のほとりに腰かけ、マドレーヌを頬張り始めた。

手がかじかむのか、園子はその細い指先に息をかけながら、マドレーヌの入ったアルミカップを剝《は》がす。

「園子、なぜそんなに薄着なのだ。外套《がいとう》を着てくればいいものを」

「急いで出てきたんです。水神様に早くお会いしたくて」

一瞬驚いたように目を見開いた水神は、片手をそっと園子の肩に回し、彼女を抱き寄せる。

腰ほどまである水神の髪に、園子が指を絡ませ、恍惚《こうこつ》とした表情で寄りかかる。

彼女達二人から少し距離を置いている私の身体が、その瞬間ずんと重くなる。正体不明な負の感覚に心の中で首を傾げつつも、目が離せない。

園子が口を開く。

「毎日、水神様にお会いしたいです。明日《あした》は大学の授業が遅くまであるので、夕方に会いに参りますね」

「不思議なものだ。人は私をありがたがるが、私自身とは距離を置きたがるものを。特に、この瞳には恐怖しか感じないと聞くが」

空から雪が紙切れのように舞い落ち始める。園子が雪を見上げる。

「池に雪が積もってしまったら、会えなくなりますか？」

「凍りつこうが、燃えていようが、問題ない。物理的に池がなくなりでもしない限り、あやかし道が塞《ふさ》がることはない」

水神は微笑を浮かべてそう言ったが、園子は不安そうに答えた。

「大変。もし水位が下がったら、水を足しますね。お父様にもお伝えしておかなくちゃ」

それを聞いて、水神が楽しげに笑う。

身体を寄せ合う二人を、私は遠目にじっと見つめている。

園子の弾《はじ》けるような笑顔に、まるで強烈な磁力を持つ磁石のように引きつけられる。それでいて彼らの姿を目の当たりにするのは、なぜか傷つく。

――園子の肩に回された水神の手が、憎らしい。彼女に触れて欲しくない。

ああ、そうか、と私はようやくここで分かった。

私は今誰かの目を通して、この過去の光景を見つめているのだ。この嫉妬《しっと》としか表現しようのない感情は、その時の目撃者の心の内なのだろう。

水神の唇がやがて園子の白い頬に向かい、そこで私はついに目を逸らした。胸が塞がるように痛く、これ以上は二人をとても見ていられない……。

俯《うつむ》きながらも胸中に渦巻くのは、悔しさと、未練と、――圧倒的な敗北感。

次第に私の周囲に霧が立ち込め、二人の姿が見えなくなっていく。

「やめてぇぇぇぇっ！」

金切り声が近くで上がり、私はハッと顔を上げた。途端に風が霧を押し流す。

私はまだ大きな池のほとりにいた。辺りを白く染めていた雪は跡形もなく、木立は青々としている。季節が変わったようだ。

周囲には十数人の人々が集まり、その近くに重機が三台。アームの先端に黒く大きなバケットがついた、大型のショベルカーだ。

ショベルカーは轟音《ごうおん》を立てながら、大量の土砂を池に放り込んでいく。

そのショベルカーに駆け寄りながら、若い女が再び叫ぶ。園子だ。

「なぜ埋めるの？　そんなことをしたら、水神様に会えなくなってしまう！」

「有龍《うりゅう》家にはもう、水神の加護など必要ないのよ！　あちらにお帰り頂くの！」

中年の女がそう叫びながら、園子に横から抱きつくようにして全身で引き止める。

有龍？

その名の登場に驚いて後ろを振り返ると、あっと声をあげた。そこには白亜の洋館が建っていた。

有龍織物資料館の建物だ。

だが今のように看板は出ておらず、窓枠が濃い茶色に塗られている。

ショベルカーの一番近くに立つ男性が、張りのある声を上げる。

「水神よ、最後の供物を捧《ささ》げる。これを以《も》って我が有龍家とは縁を切らせ給え」

大量の織物が池に投げ込まれる。

花々や鞠《まり》、鯉など様々な模様が織り込まれた、色とりどりの布が宙を舞い、池に落ちていく。

水面を滑るように埋め尽くし、やがて音もなく次々と沈んでいく。

誰もが押し黙った。

捧げ物が沈み切ると、池の中央の水面が俄《にわ》かに泡立った。

見る間にそれは大きな気泡へと推移し、下から何かが、姿を現す前兆のように感じられる。

「続けろ！　早く埋めるんだ！」

ショベルカーの傍の男性が、運転席に向かって命じる。

三台が一斉に動き始め、池を土砂で埋めていく。

巨大な水飛沫《みずしぶき》が上がり、気泡を打ち消していく。湿った土の匂いが押し寄せる。

園子は脱力して膝《ひざ》を地面につき、その様子を見つめている。その黒い瞳《ひとみ》は絶望に打ちひしがれ、白い頬が青ざめていく。

涙が頬を伝い、顎《あご》先から虚《むな》しく落ちた。

「そこじゃない、それは君の夢じゃない……」

どこか遠くから声がこだまする。貘《ばく》の声だ、と分かるのだが肝心の姿は見えない。

困惑して辺りを見回すと、再び濃い霧に包まれた。

いつの間にか雨は止み、一本の木の下で少年が読書をしている。

年齢は八歳くらいだろうか。その整った顔を見て、すぐに有龍だと分かった。幼さが残ってはいるものの、私が知っている精悍《せいかん》な顔立ちは今と変わらない。

夕暮れ時の橙色《だいだいいろ》の陽が斜めから射し、有龍の顔に影を作っている。

木の上から、黒い大きな烏が飛び出し、有龍を目指して滑空する。

烏は本に夢中になっていた有龍の肩をその黒々とした爪で引っ掻《か》きながら、彼にぶつかった。

「子蛇がいるぞぉ！　あやかしのなり損ないだぁ！」

からかうように、烏が「カァ！」と鳴いて有龍の頭上スレスレを掠《かす》めて飛ぶ。

有龍は顔を真っ赤にして、そのまだ短い腕を振り回す。

「僕は蛇なんかじゃない！　黙れ妖怪《ようかい》め！」

「蛇の癖に気づいていない！　憐《あわ》れな小蛇だぁ！」

面白そうに鳴きながら、烏は飛んでいく。

その後ろ姿を睨《にら》みながら、有龍は拳《こぶし》を握る。

「人間だもん。僕は普通の、みんなと同じ人間なんだよ」

有龍は蹴飛《けと》ばされた弾みで地面に落ちた本を拾って腕に抱え、庭の奥を睨んだ。

「お父様はどんなに待っていても、来てくれないもん」

「――待っていないで、君は会いに行けばいい」

不意に私が口を開いた。発せられた声は、自分のものとは思えないほど低い。この柔らかな声は、誠牙のものだとすぐに気づく。私は、今彼の記憶の中にいて、それを追体験しているのだ。

私はゆっくりとした歩調で、芝の上を優雅に歩く。

そうして有龍の前まで来ると、腕組みし自分の着物の袖口《そでぐち》に左右の手を入れた。

有龍は目をぱちくりとさせ、暫《しば》し絶句した後で囁《ささや》くように言った。

「き、狐……？」

有龍の目が、私の頭上と背後を交互に往復している。誠牙の頭上の耳と、九本の尾を交互に凝視しているのだろう。私――誠牙は口を開いた。

「はじめまして。君は隠世《かくりよ》でも神と呼ばれる大妖怪の子だよ。……妖力《ようりょく》を人の殻で隠すなんて、なんと勿体《もったい》ない。恐れずにこちら側へ来るといい。半妖《はんよう》なのだから他の人間達からどう見られるかではなく、自分がどうありたいか考えればいい」

「僕は人間だ！　半妖なんかじゃない。狐って人を騙《だま》すのが得意なんでしょ？　狐の言うことなんて、信じない」

有龍にも、生い立ちに悩んだ時期があったのだ。それはかなり意外だった。

「私達狐も、昔は目出度《めでた》い象徴として仰ぎ見られ、天を自由に闊歩《かっぽ》していたのだよ。瑞雲《ずいうん》の波を泳ぐように飛んだ、美しい時代もあった」

誠牙が一歩踏み出し、有龍の肩に触れる。途端に有龍の瞳が金色に輝き始め、それに自分で気づいたのか有龍は頭《かぶり》を振って目を覆った。

「こんなの僕じゃない！」

苦しそうにそう言って頭を振る有龍を前にして、黙って見ていることができない。

気がつくと私は有龍に叫んでいた。

「有龍さん、どちらも貴方《あなた》じゃないですか。どっちかにならなくたっていいんです！」

今度は誠牙の声ではなく、私の声だ。聞こえてはいないだろうが、それでも続けた。

「私は貴方に、とっても助けられています。あやかしでも人間でも、どちらでも凄《すご》く素敵な有龍さんです！」

勢いで私がそう言い切ると、目を覆っていた有龍が手を離し、顔を上げた。

そうして、その金色の瞳が揺れ動き、私に向かう。

「何、誰？」

私達の目が合う。まさか私の声が聞こえているのだろうか……？

その瞬間。

急に世界が暗転し、何も見えなくなった。同時に私の身体はその場から追い出されるように吹っ飛んだ。まるで木の葉のように。

突風に乗り、宙へと高く舞う。恐怖から必死に全身でもがく。

「やっと戻ってきた。夢が交錯してしまったよ。――そう、そっちだよ。そのまま泳ぐんだ。捜しているものに辿《たど》り着けるからね」

頭の中に、泰然とした獏の声が響く。

――泳ぐ？

気づけば私は泳いでいた。身体の周りに水の流れを感じる。

暗い水の中を疾風のような速さで泳ぎ、上の方に見える朧《おぼろ》げな明かりに向かう。

やがて私は澄み切った小川に飛び出た。

陽の光が降り注ぎ、川底までを照らしている。頭上の水面は七色に煌《きら》めく。

水草が織りなす緑豊かな草原のような世界を、風のように進んでいく。

川の中は無音だと思っていた。けれど、水中は賑《にぎ》やかな世界が広がっていた。

流水が水底の石を浚《さら》う、軽やかな音。

藻や水草が靡《なび》く度に弾ける、水泡の音。

豊かな水が、岸壁を擦《こす》っていく音。

川底からの湧水《ゆうすい》が流れを一層速くし、私は飛ぶように泳いだ。

（もうすぐだ。この先に、彼女がいる）

弾けるような喜びで胸が満たされる。

水中で身体をしならせ、一気に川から飛び出る。

そこに、両手を広げて私を待つ彼女がいた。

脳裏をその愛《いと》しい名が駆け巡る。

「古川《ふるかわ》のミナセ」

――これだ。彼女の秘めた名を、摑《つか》んだ。

「真穂《まほ》、起きて。真穂……」

誰かに名を呼ばれ、世界が霧散する。

身体を優しく左右に揺さぶられ、夢から覚める。我に返ると私は机に突っ伏して寝ていたようだった。

急に現実に引き戻され、慌てて上半身を起こす。向かいに座る獏は、穏和に微笑み、ゆっくりと一度頷《うなず》いた。

「見たい夢は、見られたかな？」

はい、と答えながら、強く首を縦に振る。

私を起こした誠牙が、銀色の硬貨らしきものを獏に支払うのを見ながら、今見た夢を、懸命に頭の中で整理する。


夢屋から出ると、客の列はぐんと伸びていた。

大鳥居のある公園まで二人で歩いていると、誠牙は切り出した。

「何を見たくて夢屋に行ったのか、教えてくれないかな？」

「私の中には、幼い頃に身体に入り込んだ川の主の欠片《かけら》があるんです」

「そのようだね。獏の部屋で君の夢を、私も見たよ」

「えっ、どんな夢でしたか？」

「自分の夢に戻るまで、ずっと硬い岩の中から、川をひたすら眺めていたよ。あれはきっと、河原に封印されたあやかしの記憶だね」

私とは少し違う夢を見ていたらしい。誠牙が見たのは、川の主の夢なのだろう。

「ここに来たことは役に立ちそうかな？」

「はい。橘《たちばな》さんのお寺には、あやかしを封じた術具がたくさんあったんです。そこから色々考えました。もしもの時は伽耶《かや》さんを封じる為に、私の中の川の主の夢を見ることが必要だったんです」

そう伝えると、誠牙は小さな紙片を私に手渡す。

「さて、役に立つのはどちらの真名かな？」

折り畳まれたそれを広げると、そこには「大淵《おおぶち》の清《きよ》ら」と書かれていた。

「これって……」

読み上げようとすると、誠牙は私の口の前で人差し指を立てた。

「使うべき時が来たら、口にした方がいい」

誠牙はそれ以上詳しいことを教えてくれなかった。代わりに少し遠くを見やり、呟《つぶや》いた。

「私も懐かしい過去を見たよ。誰かに覗《のぞ》かれた気がしたのは、気のせいかな？」

はたと答えに詰まる。

私が最初に見た幾つかの夢は、同じ部屋で寝てしまった誠牙の夢だったのだろう。

「すみません。決して故意じゃなかったんです！」

夢の中で見た園子の姿を思い出す。

水神と一緒にいた時の幸福そうな姿を見たからこそ、その後に起きた出来事に胸が痛くなる。見たものを素直に話し、気になっていたことを誠牙に尋ねる。

「有龍さんのお父様は、あの後どうなったんですか？」

「人から向けられた刃《やいば》に傷ついて怒り、二度と現世へは戻らなかった。洸の父に対する有龍家の仕打ちを、見ただろう？　園子も簡単に引き離され、会いに行こうともしない。……あの子だけは違うと思ったんだがね」

どちらにも考えがあってのことだろう。それでも、その後二度と会っていないなんて、悲し過ぎる。

「誠牙さんは、有龍さんのお父さんに隠世でお会いになったことはありますか？」

「遠目に数回程度ならね。私は洸の父と懇意だったわけではないから」

夢屋で見た景色と、その時に胸に去来した切ない気持ちを思い出す。誠牙はおそらく、若かりし頃の有龍の母に、恋をしていた。

「水神の話を、洸にするつもりかな？」

そう尋ねられると、池の上を優雅な足取りで歩いていた水神の姿が瞼《まぶた》の裏に蘇《よみがえ》る。

有龍が思い続けながらも、まだ一度も会っていない彼の父の姿を先に見てしまった。

私は首を左右に振った。

「いいえ、しません。誠牙さんや私の目を通した水神様を見るよりも、ご自分で見たいでしょうし」

誠牙は私の答えを予想していたように、満足気に頷いた。

現世に通じる大鳥居は見上げるほど高く、後ろの青空を四角く切り取っている。誠牙は、その天辺《てっぺん》を見つめて呟いた。

「人は力のあるあやかしを、往々にして利用しようとする。私から見れば、冬馬《とうま》も同じ穴の狢《むじな》だ」

冬馬君が？　とおうむ返しに呟くと、誠牙は意外なことを言った。

「でも君は冬馬に同調しなかったね。冬馬の偏見に流されず、自分の目で洸を見た。そういうことなんだね」

「最初は多分偏見という名の色眼鏡を通して、見ていましたよ。でも鬱陶《うっとう》しいと気が付いて、外したんです」

誠牙は目をぐるりと回してから、柔和な笑みを浮かべた。

「――本当はね、洸に変な虫がついたのなら、丁重に首根っこ摑んで追い払おうと思っていたけれどね。君は見所があるね」

きっと、誠牙なりに褒めてくれてるんだ。そう思うことにしよう。

第六章　愛を乞う

いよいよ決戦の時だ。

夜の水天宮《すいてんぐう》公園に行く為、東久留米《ひがしくるめ》駅に再び降り立つ。

動きやすいように上はTシャツだし、気合を入れてジャージ素材のパンツスタイルにした。鞄《かばん》は両手が空くように、リュックだ。

「待たせたな。悪い」

そう言いながら、改札を走って通り抜け有龍《うりゅう》が現れる。

なんとスーツ姿だった。

私のもの言いたげな視線を読み取り、有龍は言った。

「仕事が予定より長引いてね。熱心な学生が多くて、質問が終わらなかったんだ。結局着替える間がなかった」

どうやら学生の団体さんが資料館に見学に来ていたらしい。団体客に熱弁をふるう有龍の姿も、見てみたい……。

階段を下りて駅の建物から出ると、橘《たちばな》の車がロータリーに止まっていた。

今夜は流石《さすが》の彼も派手な装いを封印したのか、目立たないグレーの上下を纏《まと》っていた。

三人で合流すると、橘は一枚の紙を私に差し出した。

封筒大の縦長の紙に、筆で書かれた黒い墨の字がビッシリと並んでいる。上部には細かな漢字が並び、その左右に流れるような筆跡で丸と線の模様が描かれ、字を囲んでいる。下部には一際大きな字で「急急如律令《きゅうきゅうにょりつりょう》」と記されていた。

お札だろうか。

「父が作ったものよ。貼れば悪いものを追い払うの。必要になるかもしれないから、持っておきなさい」

受け取ると、一瞬ピリッと痛みが指先から腕に走る。こんなに湿度の高い季節に、静電気だろうか。

訝《いぶか》しみつつも、札を丁重にリュックにしまう。そのまま中からハンドタオルに包んだものを取り出す。

割れないよう、慎重に持って来たのは、ペットボトルほどの大きさの素焼きの埴輪《はにわ》だ。

歩きかけた有龍が、怪訝な顔でこちらを振り返る。

「なんだそれは……？」

「これ、私が前に学校で作った埴輪なんです。粘土から形を作って、皆で焼いて。結構時間をかけたし、手が込んでいるんです」

頭には帽子をつけたし、髪型は古代の男性を真似し、髪を左右に分けて輪にして止める角髪《みずら》にしている。服も結び目まで丁寧に表現した。

「懐かしい。私も小学生の時に作ったわぁ」

「なるほど。小学生の作品にしては、なかなかのクオリティだな」

私が製作したのは高三の時だが、プライドが邪魔して訂正できなかった。

「前に橘さんの実家のお寺で、教えてもらいましたよね？　あやかしを封印するなら、手作りの物を使うとやり易いって」

橘が頷きながら、埴輪の腕部分に触れた。くの字形に上下に向かう腕の内、片腕は窯の中で折れてしまい、ない。

「ええ、そう。特にこんな風に欠けたものは、補完しようとする引力が働くから、より相応《ふさわ》しいのだけれど。でも、どうやって？」

「万一の時に、伽耶《かや》さんを封じます。だから、有龍さんは食べなくて結構です。私が伽耶さんの真名を呼んで、埴輪に引っ張り込みます」

有龍と橘の間に、奇妙な沈黙が流れる。

あやかしは日常で使う名とは別に、真名と呼ばれる本名を持つのだという。真名はあやかしにとって自分自身であり、真名を使えば相手に対して一定の力を持つことになる。他人に真名を知られると相手に支配されてしまう可能性がある為、普段は人に知られないようにするのだ。

そう説明すると、二人はぎこちなく首を振った。

「それは知っている。そうじゃなく、伽耶の真名を知っているのか？　――どうやって？」

有龍が怪訝《けげん》そうな顔で私に詰め寄る。

「実は午前中、誠牙《せいが》さんにお願いして隠世《かくりよ》の夢屋に行ってきたんです。そこで、私の中の川の主の記憶を辿《たど》りました」

打ち明けると二人は同時に驚きの声を上げた。眉間《みけん》に深い皺《しわ》を寄せ、有龍が言う。

「――あのな。隠世は隣町のデパートじゃないんだ。帰ってこられない可能性もある。思いついたら即行動、がポリシーなのか？　ましてや誠牙と行くなと、言ったはずだ！」

本気で怒っているその剣幕に、思わず首を縮めてしまう。すると有龍は表情をやや緩め、先程より穏やかな声で続けた。

「何もなく無事帰れたのは、たまたまだ。運が悪ければ容易に安全ではなくなる。迷ったり、食われたり、騙《だま》されたり……待て、誠牙に何を約束した？」

「油揚げです」

有龍が不可解そうに固まり、溜《た》め息と一緒に呟く。

「……後で泣きを見るだろうな」

どうしてですか、と尋ねるもそれ以上の説明はなかった。


東久留米駅から水天宮公園までの道のりを、私と橘は車で進んだ。

車の中ではお互い緊張の為か、無言だった。

車で行けるギリギリの所まで行くと、池を目指して歩く。夜の公園には誰もいないどころか、上野《うえの》公園と違ってネオンも視界に入らないので、余計に暗く感じられる。

池がしっかり見える位置まで近づくと、橘は足を止めた。ここで彼は待機だ。

「助けが必要な時は、すぐに有龍ちゃんを携帯で呼び出すから、大丈夫」

橘はスマホを片手に、そう言った。

有龍は伽耶に勘付かれないよう、駅に残ったのだ。大蛇に変身すれば、駅からひとっ飛びで助けに行ける、と彼は豪語していたが、橘と二人だけであやかしである伽耶に会いに行くのは、やはり怖い。

低木の陰に身を隠すようにして膝《ひざ》をついた橘と別れ、私はその更に先に進む。そうして池までの道を、異様に慎重に歩いた。

一人になると、先が読めない怖さからか、足が震える。

空に浮かぶ白い月は、酷《ひど》く朧《おぼろ》げだ。

池の水面は何も反射せず、ただひたすら暗い。

まるで墨汁を流し込んだようだ。

池の中に向かって、囁《ささや》く。

「伽耶さん、……いますか？　――私、永沢大志《ながさわたいし》の妹です……」

暫《しば》く耳をそばだてるが、何も聞こえないし何の反応もない。再び声を出そうと息を吸い込んだ矢先、池の反対側に人影があることに気がつく。いつの間に。絶対にさっきまで、誰もいなかった。膝が笑って仕方がない。

その人影のほっそりとした体格と身長から、多分女だろうと分かる。

池の対岸に立つその女は、ゆっくりと歩き出した。池を大回りし、私の方へと歩みを進める。

暫くの間、私は吸い込んだ息を吐くことすら忘れて硬直していた。

橘が潜む方角を振り返りたいが、女から僅《わず》かな間でも視線を外すのが恐ろしく、できない。

やがて互いの距離が縮まり、女の姿形が明瞭《めいりょう》になっていく。

年齢は二十代半ばに見える。

小顔で、丸く大きな瞳《ひとみ》が印象的だ。控えめに表現して、すっごく可愛らしい。

黒く真っ直ぐな髪は胸の辺りまであり、白いシャツの下の紺色のスカートが、歩調に合わせて揺れ愛らしいが、それどころではない。

女は三メートルほどの距離をあけて立ち止まった。

私をひたと見つめたまま、女は可愛らしくにっこりと笑った。

「真穂《まほ》ちゃん？」

はい、とぎこちなく頷《うなず》きながら返事をするが、きちんと声になったか分からない。

初対面で名乗りもしていないのに、唐突に私の名を呼びかけてきたのだ。滅茶苦茶《めちゃくちゃ》あやしい。

「伽耶さんですよね？」

「そうよ。やっと来てくれたのね。水草を入れておけば、きっと気づいて近くまで来てくれると思った！　分かり易かったでしょう？」

凄《すご》く分かりにくかった……。

動揺を隠せない私とは対照的に、伽耶は上機嫌だった。笑顔すら見せている。

その嬉《うれ》しそうな微笑みに、こちらの調子が狂いそうになる。

「兄は伽耶さんと隠世に行くと言っていたんですけど……慣れてない人間が隠世に長くいると、帰ってくるのが大変になると聞きました。兄は無事なんでしょうか？」

「大丈夫よ。行ったり来たりしていたし、大志くんはずっと眠っていたから」

眠っていた？　意味が分からない。

伽耶はそのほっそりとした手を私に差し出し、近づいて来た。同じ歩数分、私は後ずさる。可憐《かれん》な笑顔がかえって恐ろしい。邪気しかないはずなのに、それを一切感じさせないことが。

「伽耶さんは兄の恋人じゃないんですか？　なぜ私を待っていたんです？」

「そうね。恋人の、真似事をしていたわ。私は人と付き合ったりはしないから……」

微笑を湛《たた》えたままそう言ったが、その表情はどこか悲しげに見える。

回りくどいのは苦手だ。さっさと本題に攻め込むことにする。

「伽耶さんは、私の中にいる貴方《あなた》の元彼の——、清澄《きよずみ》さんの魂をずっと捜していたんですよね？　それが目的で、兄に近付いたんでしょう？」

伽耶の可愛らしい顔から、笑顔がサッと消える。

「……貴方の中の私の彼を、返してもらうわよ」

「お返ししますから、代わりに兄を返して下さい！　兄からはもう川の主を取り返したんでしょう？」

「いいえ、まだなのよ。殺せば彼の魂が大志君の体から出てくるはずなんだけど、出来なかったの……」

大変だ。魂の取り出し方が、予想以上に手荒過ぎる。冷や汗が急激に全身から噴き出す。下手したら今この場で、あの世に送られかねない。速やかに交渉を進めねば。

「お返ししますから、待って下さい」

鞄《かばん》の中から埴輪と橘にもらった札を、急いで出す。

「この埴輪の中に川の主の魂を、一旦《いったん》入れます。兄から取り出したものと今、ここで一つに融合させましょう」

震える手で札を持ち、えいやと自分の額に勢いよく押し付けた。糊《のり》もテープも付いていないはずの札が、貼りついたように額にくっつく。

途端に視界が真っ暗になり、焦りを感じる間すらなく、身体の芯《しん》がぶるりと勝手に一度大きく震えた。

(何？　身体が熱い……！)

身体の真ん中に、小さいけれど酷く熱を持ったものを感じる。

視界が暗転したせいで、自分が今立っているのかも認識できなくなり、咄嗟《とっさ》に札を剥《は》がしたいという衝動に駆られるが、どうにか踏みとどまる。

お腹の真ん中の熱の塊が、せり上がってくるのを感じる。喉元《のどもと》までその熱さが這《は》い上がってくると、呼吸を圧迫する。空いている右手で喉を激しく擦《こす》るが、熱が一箇所に籠《こも》り、つっかえてしまっている。それはあたかも、出ていくのを拒んでいるように感じられる。

（息が、できない！）

あまりの苦しさに耐え切れず、激しく咳《せ》き込んでしまう。

その刹那《せつな》、札が自然と剥がれて視界が戻り、反動で倒れこみそうになる。まさにその時だった。苦しさで涙が滲《にじ》んだ視界の片隅に、口から黒い影が飛び出すのが見えた。まるで煙草の煙のように。私の中から出てきたのは、親指ほどの小さな影だった。

伽耶が歓喜の声を上げ、影を見上げる。

……これが、長年私に寄生していた、川の主の姿――？

目の前で起きたことだが、信じられない。

呆気《あっけ》に取られている暇はない。ここが肝心なのだ。

埴輪《はにわ》からタオルを剝ぎ取り、行き場を失って宙を漂う黒い影に向けて構える。

これは美術の授業で作った作品ではない。私の最強の術具だ、と言い聞かせる。息を大きく吸い、影に命じる。

「大淵《おおぶち》の清《きよ》ら！　お前に住処《すみか》を与える！」

影は一度ぴくりと震えた後、まるで吸い込まれるように埴輪にぶつかってきた。誠牙に教えられた真名に効果があったことを純粋に喜びつつも、手探り過ぎるこの展開に埴輪を持つ手が震える。影は音もなくそうして埴輪の中に入ると、見えなくなった。

ほっと胸を撫《な》で下ろしたのも束の間、伽耶が真正面に駆け寄ってきた。次の瞬間、彼女は私の手から埴輪を強奪した。盗人猛々《ぬすっとたけだけ》しいその行為に、一瞬虚を衝《つ》かれる。そのまま彼女は池に向かって駆けだし、一切の躊躇《ちゅうちょ》なく飛び込んだ。

「待って！　どこに行くの？　お兄ちゃんを返してよ！」

このまま逃げられたら、全部台なしだ。慌てて伽耶を追い、池の端でたたらを踏んだ後、意を決して私も飛び込む。

静かな夜の公園に、盛大な水飛沫《みずしぶき》が散る音が響く。

池の中で必死に立ち上がる。必死過ぎて冷たさはまるで感じない。

水深はふくらはぎ程度であったが、足元には大きな岩が転がっていて、藻が生えているのか非常に滑る。伽耶は結構なスピードで、池の中央へ向けて歩いていく。水深が深くなったのか、やがて彼女は胸辺りまで水に浸《つ》かり、片手で水面をかいて泳ぎ始める。

不意に、穏やかな池に水流が発生した。

目を凝らせば水面が、緩やかに渦巻き始めている。あっという間にそれは大きく深くなり、私達はそこへと急激に巻き込まれ始めた。

これは水天宮池のあやかし道だ、と直感する。伽耶はそこへ逃げ込もうとしている。

「真穂ちゃん、逃げなさい！ その渦は普通じゃないわ！」

橘の叫び声が聞こえるが、逃げたら伽耶を取り逃がしてしまう。

その時、視界の隅を銀色の大きな物体が横切るのが見えた。間髪を容《い》れずに、水面が巨大な尾のようなもので叩《たた》かれ、巨大な波が立つ。水飛沫から逃れようと、咄嗟に目を固く閉じ、生じた波に身体がよろめく。すぐに目を開けると、伽耶が持っていたはずの埴輪が、池の隅に吹っ飛ぶのが見えた。慌ててそれを追う。

靴の中に水が入り込んで重く、非常に歩きにくい。両手でバランスを取りつつ、バシャバシャと水飛沫を上げながら、水の中を進む。どうにか埴輪を拾い上げると、駆け寄ってきた橘の手を借りて、ほうほうの体で池から上がる。

空に雷の音が轟《とどろ》いたのは、その時だった。

見上げると、重く分厚い雲を掻《か》き集めて池の上に凝集したように、空が暗くなっていた。

さっきまで見えていた月が、見えない。

幾重にも折れ曲がる白い光が走り、その合間を縫って地を裂くような雷鳴が響き渡る。

突然の雷に驚きながらも池を振り返ると、そこには異様な光景が広がっていた。

池の水面に、巨大な龍《りゅう》がいた。

銀色に輝くそれは、夜の闇の中で鈍く発光しながら、蜷局《とぐろ》を巻いて浮いている。

それは間違いなく、上野公園で私が見た龍——いや、大蛇だった。

正面から見ると更に大きく、尋常でない圧迫感がある。

大きく精悍《せいかん》な双眸《そうぼう》は玲瓏《れいろう》で、黄金の光を放ち、その頭上には稲妻形に広がる大きな角。

銀色の胴体からは鋭利な鉤爪《かぎづめ》が揃った手足が生え、その右手の鉤爪には伽耶がぶら下がっていた。

彼女の服の背中部分に、爪を引っかけているのだろう。

伽耶は恐怖からか、硬直したように動かない。その大蛇の爪一本の一払いだけで、きっと人間などあの世行きだろう。

大蛇の口からは、その鋭利な爪をも凌《しの》ぐ尖《とが》った牙《きば》が覗《のぞ》く。その牙を見せながら口を開き、大蛇が唸《うな》り声を上げた。

それとほぼ時を同じくして、激しい雷鳴が辺りを埋め尽くす。雷のその量たるや、まるで夏の夜空に咲き誇る、花火のようだ。

その振動が身体の芯まで伝わり、総毛立つ。

稲妻は激しく上空を覆い尽くし、最早昼《もはや》の如く明るい。

あまりの怪異に、身の危険を感じずにはいられない。

それは結構な光景だった。大蛇が雷を起こし、手に可愛い女性をぶら下げて、唸っているのだ。

——怖い。怖過ぎる……!!

私は水が溢《あふ》れる靴が脱げ落ちるのもそのままに、四つん這《ば》いで池から離れた。

だが素早く動こうにも、腰に力が上手《うま》く入らない。

辺りにくぐもった声が響いたのは、その時だった。

「おい、どこに行くんだ」

間違いなく有龍の声だ。

引きつる顔で振り向くと、眉間《みけん》に盛大な皺《しわ》を寄せた大蛇が私を睨《にら》み据えている。

「主役が逃げるなよ。俺が困るだろ」

「に、逃げるなんてとんでもない。後ずさっただけです……」

大蛇は伽耶を空中に投げ出すと、長い銀色の胴体で搦《から》めとった。伽耶の身体に巻き付くと、そのまま締め上げていく。

苦しそうに暴れる伽耶の姿に、少し心が痛む。

やがて伽耶の身体が仄《ほの》かに輝き始めると、その光が強くなるのと比例して、身体の輪郭がぼやけてきた。

それはいつか見た、上野公園で有龍が大蛇に変身した時を彷彿《ほうふつ》とさせる光景だった。

伽耶の後ろから長い尾が伸びていく。

長い黒髪は、ふわふわとした毛に変わる。

身体が丸みを帯び、どんどん縮んでいく。

最後に伽耶が大きな口を開けると、そこからまるで蛇が飲み込んだ獲物を吐き出すように、人間が飛び出てきて池に落ちた。

「お兄ちゃん！」

橘と一緒に一目散に池に飛び込み、兄のもとに駆け寄る。

その重たい身体を懸命に引き上げると、久し振りに見る兄が、伸びきって転がっていた。

服は出て行った時の、アロハシャツのままだった。

身体全体が濡《ぬ》れていて、氷のように冷たい。その上、ぴくりとも動かない。

「いやだ、死んでる……！」

「大丈夫よ。脈がある。とても遅いけれど……」

橘が兄の手首を触りながら、兄の名を連呼する。

「大志君は眠っていただけよ。そのうち目覚めるわ」

その愛らしい声に、私と橘は同時に顔を上げた。池のほとりの岩の上に、一匹のカワウソがいた。ずぶ濡れ姿のまま後ろ足で立ち、こちらを見ている。

「真穂ちゃん、幻聴かしら。あのカワウソ、今喋《しゃべ》らなかった？」

「はい、喋りました。あれが多分、伽耶の本来の姿です」

その時、パリリ、と乾いた音が埴輪から出た。よく見れば埴輪の全体に細かな亀裂が入り、今にも割れそうになっている。

「大変。川の主を入れておくには、この器じゃ荷が重かったみたいね。また飛び出す前に、なんとかしなくちゃ」

橘はそう言うと、お札を取り出した。

今しも兄に貼ろうというその時、兄の手がピクリと動き、目を開けた。

「お兄ちゃん、大丈夫!?　しっかりして！」

焦点が合わずにふらつく兄の瞳《ひとみ》は、数回の瞬《まばた》きの後で私をしっかりと見た。状況が飲み込めないせいか、絶句したまま辺りを見渡している。

「大志君、動ける？」

橘が優しく兄を起こす。兄の目は吸い寄せられるように大蛇を捉《とら》え、見開かれた。

「なんだよ、この龍!?」

兄が狼狽《うろた》えた表情で立ち上がり、ふらついたところを橘が支える。

不機嫌そうに有龍が呟《つぶや》く。

「龍じゃない。大蛇だ」

「お兄ちゃん、この龍っぽ過ぎる大蛇は、味方だよ。お兄ちゃんを一生懸命捜してくれたんだよ。——分かる？　ずっと伽耶さんに眠らされていたんだよ」

兄は側頭部を押さえて辺りを見渡す。

「ここ、水天宮池だよな……？」

「そうだよ。私達の中に川のあやかしがいたの。伽耶さんはそれを取り返したくて、私達に近づいてきたんだよ」

兄は当惑気味に瞳を漂わせる。その視線の先に伽耶がいた。

カワウソの愛らしい丸く黒い瞳と兄の目が合い、伽耶は弾みをつけて岩から地面に飛び降り、数歩後退《あとずさ》った。

「お兄ちゃん。あやかしが見えていたのは、全部川の主のせいだったんだよ。落合川《おちあい》で昔、お兄ちゃんが祠《ほこら》を壊しちゃって、それが私たちに取り憑《つ》いていたんだって」

「大志君、貴方《あなた》の中の川の主を、追い出しましょう」

そうしないと、私たちが伽耶に殺されかねない。

橘が一旦《いったん》下ろしていた札を再び持ち上げ、兄に向ける。すると兄は上半身を逸《そ》らしそれをよけ、素早く腕で振り払った。

お札がするりと橘の手から抜け、舞うように漂いながら池に落ちていく。

「何すんの！　お兄ちゃん！」

手を伸ばす間もなく、お札はあやかし道の渦へと回旋しながら吸い込まれていく。

「よく分からないけど、そんなことをしたら、俺は伽耶が見えなくなってしまうんだろ？　そんなのは嫌だ」

兄が伽耶の下に近付く。伽耶がその小さな毛並みのいい茶色の足を、素早く動かして後ずさると、兄の動作が束の間固まった。兄から逃げるような伽耶の仕草を見て、彼女の本来の目的を悟ったに違いない。

それでも兄は大蛇を見上げて言った。

「頼む、伽耶に何もしないでくれ」

そうして兄は伽耶を両手でそっと抱き上げた。そのまま腕の中に抱える。

「俺は、たとえ騙《だま》されていようとあやかしだろうと、伽耶が好きなんだ」

兄の手の中の伽耶が、呟く。

「大志君、そこまで私のことを……」

二人はじっと見つめ合っていた。愛《いと》しげに手の中のカワウソを見下ろす兄と、丸い目を濡らすカワウソ。

この少々シュールな光景に、どういう気持ちで居合わせればいいのか、複雑だ。

二人の様子を見ていた大蛇が、池の上から私の隣に舞い降りる。

その動作で周囲に風が起こり、足元の雑草を揺らす。

近くに来られると、その大きさと迫力に足が竦《すく》む。尚且《なおか》つ大蛇は私に顔をぐるりと向け、口を開いた。有龍だ、と頭では分かっていても、首筋を恐怖による寒気が上っていく。

「さて、どうする？　札は隠世《かくりよ》に流れ、お前の力作は崩壊寸前だ。――そのあやかし、食っていいか？」

即座に反応したのは兄だった。

兄は伽耶を抱き締め、腕で庇《かば》った。

力強い金色の瞳に睨まれ、兄の両足が微《かす》かに震える。

大蛇はそれを受けて、不敵に目を細めた。

「俺が恐ろしいか？」

大蛇が長い尾を揺らしながら近寄ると、兄は後退った。目の前の大蛇を見上げる、その兄の表情は恐怖で凍り付いている。

有龍が横に動き、兄の頭越しに伽耶を見ようとした時、私は衝動的に駆け出していた。

「有龍さん、早まらないで下さい」

私は両腕をいっぱいに伸ばし、大蛇の首元に縋《すが》りついた。

「真穂、危ない！」と兄が狼狽える。

大蛇の身体はひんやりと冷たく、銀光りするその表面は滑らかで存外柔らかかった。

「有龍さん、待って下さい。……私に任せて」

大蛇の片方の金色の瞳が、私をじっと見つめている。

「お兄ちゃん、伽耶さんは川の主のことを、百年近く思い続けてきたんだよ」

私がそう言うと、兄は腕の中の伽耶を見下ろした。伽耶は兄と目が合うと、その腕の中からピョンと飛び降りた。そのまま数歩飛び退き、兄と一定の距離を取る。

私は有龍から腕をそっと離すと、芝の上に置いていた埴輪《はにわ》を指さし、彼に言った。

「たしか以前、妖力《ようりょく》で川の主の魂を取り出せると言ってましたよね？　兄の中の川の主を埴輪に引き入れて、伽耶さんにお渡ししましょう」

その話を聞いた兄が、表情を曇らせて頭《かぶり》を振る。そんな兄を見て、有龍が深く息を吐いた。

「覚悟を決めろ。元々子ども時代のこととはいえ、自分で蒔《ま》いた種だ。あやかしの魂を身の内に住まわせるのは、本来の有り様ではないだろう。どちらにとっても、幸せではない。間違った道筋を、元に戻せ」

観念したのか、兄はそれ以上何も言わなかった。それを受けて有龍が一度空を見上げてから、兄の方を向く。

「俺の妖力で、雷をお前の上に打ち下ろす」

「それ、俺死なないか⁉」

兄が動揺すると、有龍は大きな首を傾けた。

「本物の雷ではない。妖力の塊だから、気を強く持て」

兄は返す言葉に困った。雷と妖力の塊の比較が、そもそも常人にはできないからだろう。

無言の返答を同意と捉えた大蛇は、目を見開いた。

その金色の瞳が一層強く輝くと、より濃さを増した鈍色《にびいろ》の雲から、一斉に二股《ふたまた》の尾を持つ小さな獣達が散るように舞う。

やがて真っ黒に集まった雲の一点から、地を揺するような轟《とどろき》と共に、一直線に細い稲妻が落ちてきた。それは一瞬の間に、兄の頭からつま先を貫く。――大丈夫だ。これは、雷ではなく大蛇の妖力が具現化したものだ、と自分に言い聞かせる。

衝撃のせいか、兄は膝《ひざ》から崩れ落ちた。額が地面についたその拍子に、身体の下に影ができる。兄自身の影かと思いきや、その大きな影は兄から剝《は》がれるように分離した。ゆっくりと離れたそれは所々欠けた、歪《いびつ》な形をしていた。

細長い影は、魚が泳ぐように身体を左右に揺すり、私が構える埴輪の方をくるりと振り向く。

真穂、と有龍が呼ぶ声に我に返り、急いでなすべきことを思い出す。

崩壊の進む埴輪を、大事に両手で掲げる。

「一つに戻りなさい、大淵の清ら！」

影の魚が、勢いよくこちらへ向かってくる。そうしている間にも、手の中の埴輪の足先が欠けて音もなく地面に落ち、胴体全体に太いヒビが入る。まずい、もう時間がない……。

飛んでくる影を横目に、私は崩壊の一途を辿《たど》る埴輪を渾身《こんしん》の力で池の中に放り投げた。

放物線を描いて飛んでいく埴輪に、影が追いつき、共に池に沈む。白い水飛沫《みずしぶき》と、暗い水面の下で何が起きたかは、ここからは見えない。

その直後、水面を魚が高く跳ねた。

三十センチほどのその大きな魚は、白く光る側面に黒色の縦縞《たてじま》を持ち、美しかった。池の端に駆け付けた伽耶が、感極まった声で叫ぶ。

「清澄君！」

川の主は埴輪から飛び出して、池の中の魚の身体を得たのだろう。それは川の主の名に相応《ふさわ》しい、美しい姿だった。

伽耶は池のほとりに立ち、ダイナミックに飛び跳ねる魚を、万感胸に迫る様子で見つめている。その伽耶の背中を、兄が切なそうに見つめる。

いろんな境界を越えた究極の三角関係が、そこにはあった。

「待って！　伽耶」

川の主を追おうと、今しも池に飛び込もうとする伽耶に、兄が声を掛ける。

「俺、それでも伽耶が好きだから。この半年が、嘘だったなんて思えない。伽耶と出会って、本当に楽しかったから」

以前の私なら、今この瞬間、兄に呆《あき》れていただろう。

でも今は違う。この気持ちは兄が自分で整理することだ。あやかしだからやめろとは、私にはもう言えない。伽耶は時間をかけて振り返り、小さな声で言った。

「大志君。私も楽しかった。弟みたいで可愛くて。でも、ごめんね……」

そう言い残すと、伽耶は池に飛び込んだ。伽耶の周りを、川の主がくるくると泳ぎ、やがて互いに並んで池の中を進んだ。渦に向かうと吸い込まれるように渦の中心に向かって突進し、不意に消えたように視界からいなくなった。

二人は共に隠世に帰ったのだろう。

次第に水面は凪《な》いでいき、やがて静かになった。

九十年の愛に競り勝つには、兄はちょっと力不足だったのだろう。

やがて私は橘に深々と頭を下げた。

「橘さん。ありがとうございました」

水面を見つめていつまでも池に佇《たたず》む兄の肩を、そっと叩《たた》く。

「帰ろう、お兄ちゃん」

兄は大蛇が暴れた名残の中、いまだゴロゴロと鳴る分厚い雲を見上げる。

「もう、雷獣が見えない」

雷獣——。二人で空を見上げ、悟る。

稲妻と共にさっきまで走っていた、あの灰色の小さな狼のことだ。

「お兄ちゃん、私にもさっきまで見えたんだよ。子どもの頃から、お兄ちゃんにはあれが見えてたんだね、ずっと」

「うん。綺麗《きれい》だっただろ?」

「予想とはちょっと違ったよ。でも、忘れない」

兄はゆっくりと池に背を向け、離れた。

大蛇の姿はもうそこにはなかった。

「いつもそうなんだけど、多分飛んで帰ったんじゃないかしら。ほら、今人型に戻ると裸になっちゃうし」

橘は苦笑しながらそう言い、兄の背中を軽く押す。そうして何やら箱を兄に手渡した。

「元気出して。人生、山あり谷ありよ。こんなこともあるわ。……弟、はちょっとキツかったわね。とりあえずマカダミアナッツチョコ、あげるわ」

「ええと、貴方は一体……？」

困惑する兄をよそに、橘は腕時計を見た。

「遅くなっちゃったわね。車で家まで送ってあげるから、いらっしゃい」

ショックが強すぎて呆然《ぼうぜん》とする兄を、橘と二人でどうにか励ましながら、車まで歩いた。

何が起きたのかいまいち把握しきれていない兄に、この二週間弱の珍妙な出来事を微に入り細に入り、説明をしたのは言うまでもない。

帰宅後、兄はすっかり意気消沈していた。

これでは母が帰国したら、恋人とはハワイで喧嘩《けんか》別《わか》れしたとしか、言いようがない。

時間はもう遅かったが、兄を慰めるために大好物の手作り餃子《ギョーザ》を夕食に準備した。上手にパリパリに焼けたが、餃子同士がくっ付いてしまい、ちょっと皮が破れてしまったのが少々残念だ。

ダイニングテーブルの傍のテレビがついており、音だけは賑《にぎ》やかだったが、私たちは食べ始めてからしばらく無言だった。

おまけに誰もテレビは見ていない。ほぼBGMと化している。

白いご飯を箸《はし》で掬《すく》いながら、兄がふと言った。

「――なぁ真穂。お前は俺を捜しに隠世《かくりよ》に行ってきたんだよな？　どんな所だった？」

兄は行方不明の間、冬眠さながら、ずっと眠っていたから隠世を結局見ていないのだ。

捜しに行った私の方が宿泊までしてきたのだから、滑稽《こっけい》だ。

可笑《おか》しくなって半笑いになりつつ、兄にあの奇妙な世界の話をしようと、口を開く。

「凄《すご》く変な所だったよ。――隠世はね、……」

一度目に行った時のことは、メモ帳にこと細かに記したので、鮮明に語ることができる。

メモ帳を片手に、できる限り臨場感溢《あふ》れる話し方を心がけた。そして続けて二度目の出来事を語ろうとする。

「二度目に向こうに行った時はね、……」

続けられなかった。

どうしたことだろう。

語ろうとすると、何も思い出せないことに気づく。

上野公園の神社に行って、河童《かっぱ》の太郎《たろう》に会って。それから？

どうしたんだっけ？

何を見た？

どこにいった？

記憶を辿ろうとすると、頭の中の引き出しは空っぽで、二度目に隠世に着いた時から上野公園に戻るまでが、全く思い出せない。

それはまるで、どこかに大きな落し物をしてきたようだった。

貴重な体験をしてきたはずなのに、何一つ残っていない。

兄が不可解そうに私を見る。

「おかしいな……。何も覚えていないよ」

そうだ。誠牙が私に教えてくれた通りだ。人は隠世での出来事を覚えていられないのだ。

何かやらないといけなかった気がする。忘れてはいけないことが、あったような。

「なんだっけ？」

二度目に訪ねたあの地での一切が、私の中から消え失《う》せていた。まるで何もなかったかのように。

「ごめん、話せることがもう何もないや」

「いやいや、真穂が謝ることじゃないよ。むしろ、謝らないといけないのは俺の方だし」

「自分でもびっくりだよ。聞かれるまで、全然気がつかなかった」

私たちは互いに呆れたように笑った。

兄は餃子にたっぷりとタレをつけて、頬張る。

「失恋しても、飯は美味《うま》いなぁ……」

そして今決めたように宣言した。

「明後日《あさって》は母さんも疲れているだろうし、俺がメシ作るよ！」

「本当？　イギリス生活で和食が恋しくなっているだろうから、そっち系でお願いね」

「ハードル上げたな」

渋い顔で恨めしげに私を見ると、兄が苦々しく呟《つぶや》いた。

兄が帰宅した翌日、私は上野公園のカフェで冬馬を待った。

高校時代の苦手なクラスメイトだろうが、兄救出作戦において、何はともあれ結果的に冬馬は重要な情報を提供してくれたのだ。きちんとお礼をしなければ。

昼時の強い日光の下、いきいきと緑が映える園内の木々に目を細めていると、冬馬が現れた。何やら長い楽器鞄《かばん》を背負っている。

「冬馬君、バイオリンもやってるの？」

冬馬が私の向かいの席を引きながら、答える。

「ああ、これビオラね。俺、インカレのオケもやってるんだ」

「ええと、オーケストラ部にも入ってるの？」

「そう。俺さ、忙しくないとダメなんだよね。暇が嫌いなの」

部屋でゴロゴロするのが私には至福の時だ、なんて口が裂けても言えない……。

注文したランチプレートのサラダを冬馬が食べ始めると、私は堰《せき》を切ったように話し始めた。兄が無事生還した昨夜の話だ。

冬馬は時折目を丸くしたり、苦笑したりして話を聞いてくれた。

長い話が終わると丁度お互い、食事が終わる頃だった。溶けた氷で色がかなり薄くなったフルーツティーを飲み干すと、冬馬は真面目な顔つきで私を見た。

「永沢さんは、昨日の夜見たの？　——その……、洸兄があやかしの姿になったところを」

頷《うなず》きながらも、冬馬の表情が急に陰りを帯びたことに気づく。

「冬馬君は、有龍さんが苦手なのかな？」

冬馬のオリーブ色の瞳《ひとみ》が惑うように左右に少し揺れ、伏せられる。

「俺さ、九歳の時にちょっと消化できない、初恋のキツい思い出があるんだよね」

冬馬はゆっくりと話し始めた。


冬馬と有龍の祖父は、よくパーティを開く人で、有龍家の本宅では月に数回、大規模なパーティを開催していた。

仕事の関係者や地元の名士を呼ぶ為、親戚《しんせき》たちはその都度手伝いに駆り出されていた。

大人達は子ども達そっちのけで、社交に興じる。

だから子ども達はパーティ会場を離れ、庭や広い屋敷内でかなり自由に遊ぶ。隠れんぼだったり、探検ごっこだったり。

ある時冬馬はパーティの喧騒《けんそう》から離れた一室で、一人静かに過ごす少年と出会った。

少年は広い部屋で大きな机に参考書や辞書を広げ、勉強していた。それこそが十歳の有龍だった。

冬馬の母と有龍の母は姉妹だが、互いに住まいを行き来することは全くなく、従兄弟《いとこ》達はそれまで交流がなかった。

「なんであの子はパーティに出なくていいの？　一人でいるの？」

「あの子は特別なの」

「どこが特別なの？」

そう尋ねると冬馬の母は不機嫌になり、それ以上聞けなくなった。

それから気づいたのだ。パーティが終わり、招待客たちが帰る時、屋敷の前庭を見下ろす二階のバルコニーに有龍が立ち、皆を見ていることに。ただ立っているだけだったが、月に照らされて美しい少年が一人、バルコニーにいる姿は、とても絵になった。

「あれが、有龍産業の有名なあの子ね」

バルコニーを見上げた招待客の一人が、酷《ひど》く感心した様子でそんなことを呟いた。

どうやら冬馬の従兄弟は、密《ひそ》かに注目を浴びている存在らしい。

そこから有龍は冬馬にとって、気になる存在になった。

冬馬が九歳の時、その年の新年のパーティは軽井沢《かるいざわ》にある有龍家の別荘で行われた。

集まった招待客の二十人近い子ども達は顔馴染《かおなじ》みも多く、すぐに仲良くなり皆で遊んだ。

その中には冬馬が密かに惹《ひ》かれている、同い年の少女もいた。冬馬の初恋の、さくらという少女だ。

さくらの家は都内で大きな弁護士事務所を経営しており、彼女はいつもオーダーメイドの清楚《せいそ》なワンピースを纏《まと》い、明るくて笑顔が魅力的で、絵に描いたようなお嬢様だった。

子ども達はいつしか男女のグループに分かれ、お喋《しゃべ》りしたり遊戯室で大人達に交じり、見様見真似の麻雀《マージャン》やビリヤードをしていた。

気がつくと少女達が見当たらなかった。

暖炉の前でトランプをしていたはずの、さくらもいない。

暖炉の前には、明らかに遊び途中のトランプが、無造作に散らばっていた。

少年達が外に捜しに出たのと、少女達が帰って来たのは、殆《ほとん》ど同時だった。

「お庭で遊んでたんだけど、寒いから戻ってきちゃった。冷羅《れいら》ちゃんとさくらちゃんはまだ外で遊んでるって」

だがしばらくしても、さくらは戻らなかった。外を見れば、雪が降り始めている。

ここへきてようやく大人達が異変に気付いた。そして奇妙な事態に子ども達も、気付かされた。

冷羅という少女は、招待客の中に存在しなかったのだ。

「そんなの嘘だよ、だって私達みんなで遊んでたのに！」

子ども達は困惑し、状況を受け入れられず真っ青になった。

すぐに大人が総出で捜したが、さくらはなかなか見つからない。警察を呼ぶことを視野に入れ出した頃、騒然とする庭に不意に現れたのが有龍だった。

サクサクと軽やかに雪を踏んで有龍が歩く間、誰もが不思議と押し黙った。

皆の焦燥を他所《よそ》に、場の雰囲気に動じない凛《りん》としたその横顔が、妙に印象的だった。

「さくらちゃんを捜してくるよ」

そう言い残して出かける有龍の後を、冬馬は追った。

さくらが心配だったし、別荘に来慣れていない有龍こそ、この雪の中で迷子になるのではと危惧《きぐ》したからだ。

じきに粉雪はあっという間に牡丹雪《ぼたんゆき》へと変わり、シャーベット状の地面は真綿を敷き詰めたような白い雪で覆われていく。

雑木林の中をかなり進み、土地勘のある冬馬ですら帰りが不安になりかけた時。どこからか、女の子の泣き声が聞こえた。さくらの声だ。

周囲を見渡すも、宙を埋め尽くす白い雪で、よく見えない。

「冷羅ちゃん、もう帰ろうよぉ」

それはさくらの涙声だった。先を行く有龍にも聞こえたのか、声に向かって走り出す。

ついて行こうにも、冬馬はあまりの雪に歩くことすらままならない。風に乗って無数に向かってくる大粒の雪に、視界を妨害される。

「お兄さん、助けて！」

上ずったさくらの声が前方から聞こえた。どうやら有龍がさくらの下《もと》に辿《たど》り着いたらしい。冬馬は安堵《あんど》するも、自分はさくらの下に合流することができないもどかしさに苛立《いらだ》つ。

「やだよぉ、怖いよ、冷羅ちゃんの手、雪みたいに冷たいよ！」

動揺するさくらの後に続いた有龍の声は、怒りを孕《はら》んでいた。

「冷羅、その子から離れろ。お前、人じゃないな。雪女だろ」

冬馬は一瞬、自分の耳を疑った。

絶句していると、更に風が強まった。

有龍が強い口調で言う。

「雪を止めろ。遭難させる気か」

「だって、まださくらちゃんと遊びたいんだもん！　返したくない」

自分の従兄弟と冷羅の会話の不可解さに首を傾げる。さくらを助けないと、と思うもののあまりの寒さに身体全体が震えその場を動けない。指先の感覚も怪しくなりかけている。

睫毛《まつげ》に雪がかかり、一切が白く見える。

ついに堪忍袋《かんにんぶくろ》の緒が切れたのか、有龍が怒鳴った。

「雪を止ませて山に帰れ！　二度とうちに来るんじゃない！」

有龍の怒声と同時に、突如として暴風と降雪が止む。

風は音を失い、雲は雪を吐き出しきったかのようだ。空中に残された雪片が、はらはらという囁《ささや》きのような音と共に、積もった雪に舞い落ちていく。

やっと前に進み始めた冬馬の、浅い呼吸だけが聞こえる。この銀世界が、自分以外の一切の音を吸い取ってしまったかのようだ。

白く染まった世界の中で、空気だけは妙にピリリと張り詰めて、頬が冷たい。

踏みしめる雪が、軋《きし》むような重たい音を立てる。

少し進むと、木々の間に有龍とさくらがいた。

「……っ！」

冬馬は声にならない悲鳴を上げた。

恋したさくらが、有龍に抱きつくように縋《すが》り付いていたからではない。

有龍の瞳が、黄金に輝いていたからだ。

それはほんの数秒の出来事で、すぐに黒く戻った。有龍にひしとしがみついているさくらは、それを見ていなかった。だが冬馬は、確かに見た。

棒立ちになる冬馬には気づきもせず、さくらは身体を有龍から離すと、彼を見上げた。

「ありがとう、お兄さん。本当に怖かった！」

その甘えるような声と、英雄でも見つめるような陶酔の籠《こも》った眼差《まなざ》しに、冬馬は己の初恋が最早《もはや》成就することなどないと悟る。

急に訪れた静寂の中、有龍は顔を上げて冬馬を見た。

「冬馬。つけてきたのか」

帰り道は地獄だった。革靴は靴下まで濡《ぬ》れそぼって、ジンジンと痛む。その上雪に隠れていた倒木に足を取られ、転倒して足を挫《くじ》いた。冷たいし、寒いし、痛い。もう気分は最悪だった。

有龍はさくらの名を叫びながら駆け寄ってきた彼女の両親に娘を引き渡すと、冬馬に言った。

「皆と違ってお前は多分、大人になっても見える体質だから、あやかしに気をつけろよ？」

そして事態はおかしな方向へ動いた。

さくらの両親は有龍に恩義を感じ、彼を自宅へ度々招くようになった。乗り気ではない有龍も、祖父に命じられて数回ほど渋々それに応じ、さくらに完全に懐かれていた。

するとさくらの親の弁護士事務所は、突然大手企業との契約が続き、優良顧客を山ほど抱えるようになった。年商は鰻登《うなぎのぼ》りだったという。

うまい話はどこからか漏れるものなのか有龍家には、我が家にも是非、と洸を誘う電話が鳴り止まないようになった。

流石《さすが》に辟易《へきえき》した有龍がある時、さくらの家との付き合いを控えるようにしたところ、その時期を境に弁護士事務所から、大口の顧客達が水が引くように一斉に逃げていった。

手広く商売しようと、新事務所を立ち上げたばかりだったさくらの家には、相当な痛手となったと後から聞く。

「洸兄が肩入れすると、本人の意思とは無関係にあやかしの力が良くも悪くも、周囲に影響を与えるんだよ」

「そんなことがあったんだ……」

冬馬の話に、驚きを隠せない。

「ということは、冬馬君が有龍さんを好きじゃないのって——初恋のさくらちゃんの気持ちを持っていかれちゃったから？」

「流石に初恋を十年も引き摺《ず》ったりはしないよ。——洸兄はさ、その日からどんどんあやかしに自分から近づいて行ったんだよ。俺達から、ますます遠ざかっていった。だからこそ俺は洸兄の半分を嫌悪するんだ」

冬馬に気をつけろと言ったのに。それが、裏切られたような気持ちになったのかもしれない。つまり、本当は好きだからこそ、決して相容《あいい》れない部分が許せない……？

「それって、愛情の裏返しってやつかな？」

冬馬は肩を竦《すく》めた。案外当たっているのかもしれない。

「いずれにしても、洸兄はそれ以来人付き合いに、確固たる線引きをするようになったんだよね。濃厚な関係を持たない癖がついたというか。余程のことがない限り、誰かと連絡先を交換しないんだよね。だから、この前永沢さんには教えたのかと勘違いして、びっくりしちゃった」

残念ながら私も教えてもらえなかったよ。ずきんと胸が痛むのを苦笑で誤魔化し、やり過ごす。

冬馬が以前、私に有龍を狙うのはやめておけと忠告したのは、そんな体験からだったのだろうか。尋ねると彼は頷《うなず》いた。

「水神に逃げられると、繁栄の反動で永沢さんのお父さんが失業でもしかねないと思ってさ」

私はあはは、と軽やかに笑った。

「うちのお父さん、単身赴任してて日本にいないから、きっと大丈夫だよ」

「なんか、永沢さんって色々強いよね。高校の時は気づかなかったな」

冬馬も釣られたのか、くすりと笑う。

「じゃ、俺そろそろ行くね。お兄さんによろしく。今度永沢さんも俺のライブかコンサート、見に来てよ」

次の予定に向かって席を立った冬馬を見送る。冬馬とは今度があるかもしれない。

でも有龍とはそうではないのだ、と急に気づかされる。


階下の台所から聞こえる物音で、目が覚める。包丁がまな板を叩《たた》く、どこかほっとする音だ。カーテンを開けると、眩《まぶ》しい朝日が一瞬で室内を満たす。

母がいよいよイギリスから帰国する日の朝、兄は本腰を入れて和食作りに励んでいた。

母が留守の間にすっかり散らかった家の中を、私も気合を入れて片付け始める。

「日常が戻ってくる、っていう感じだなぁ」

狭い台所の中を忙しく動き回る兄が、そう呟《つぶや》いた。

日常──。その言葉に、色々と考えさせられる。

私達のこれからの日常の中に、もうあやかし達は見えない。紛れていた狐達を見分けることも、あの不思議な世界に身を置くこともなければ、愛嬌《あいきょう》のある太郎の声を聞くこともない。

そして多分、大蛇様と会うことも。──そう思うと、胸がずきんと痛んだ。

「お兄ちゃん、私ちょっと出かけて来るから。ここ綺麗《きれい》に片付けておいて」

作業を増やされて困惑する兄を置き去りに、私は家を出て行った。


有龍織物資料館は、相変わらず雨に見舞われていた。まだ昼前なのに、空が微妙に暗い。

広い敷地の一角から、白い建物を見上げる。

今日は開館日だから、有龍は中で働いているだろう。

「勢いでつい、来ちゃったよ……」

資料館の前に立つ、霧雨に濡れる木をぼんやりと見つめる。この木が、雪を被《かぶ》っていた映像が、断片的に脳裏にこびりついている。多分これは、隠世《かくりよ》で私が見た、ほとんど抜け落ちていった記憶の最後の欠片《かけら》だ。

兄が無事帰宅した翌朝、改めて兄と菓子折りを持ってお礼とお詫《わ》びをしに資料館を訪ねていた。

だからしつこく資料館に来るのは、おかしいだろう。

そう思うと、建物にこれ以上近づく勇気が湧かない。

傘をさし、霧雨に霞《かす》む前庭を長いこと、眺めていた。

兄は帰ってきたのだ。ここで有龍を訪ねなければ、もう会うことはないだろう。それが分かっているからこそ、しばらく動けなかった。

「やっぱり帰ろう。もうすぐお母さんも帰ってくるし」

資料館から遠ざかるにつれ、有龍との縁がなくなっていく気がして、足取りが重い。

敷地を出る瞬間、もう一度だけ、と思って振り返ると、木の下に誰かがいた。

雨を避けるように誠牙が立ち、私を見ていた。

近づくと、以前見た姿とは異なって見えた。

耳はなく、金色の長く立派な尾もない。ただの人に見える。

あやかしを見る能力が、私から失われたからだ。

誠牙はゆっくりと私の前まで歩いてきた。

「洸に会いに来たのかい？」

はい、と素直に頷く。すると誠牙は言った。

「洸はもうここにいないよ。水天宮池で妖力《ようりょく》を使い過ぎたんだ。かなり消耗してしまったから、今は隠世《かくりよ》で静養している」

知らなかった。そんなことになっていたなんて。

菓子折りを渡しに来た時も、いつもと変わりない彼に見えたのに。

「有龍さんは、いつまで隠世に？」

罪悪感に苛《さいな》まれる。兄を助けるために、有龍にそこまで力を使わせてしまったのだ。彼にも仕事があるのに。

「当分戻って来ないんじゃないかな。——いっそ向こうに住んでしまうかもしれないね。さあ、どうする？」

誠牙は挑むような表情を、私に向けた。

居ても立っても居られず、上野公園の鳥居に向かった。

鳥居には観光客がひっきりなしに訪れ、人通りが絶えない。入り口で写真を撮ったり、くぐったり。楽しげに中へと入る彼らとは対照的に、私は焦燥感に駆られながら鳥居の入り口近くで立ち止まる。

赤い鳥居に手の平で触れ、連なるその奥を見る。

二度目に隠世に行った時もこの先を、有龍と二人で走り抜けたはずだ。

その後あちらの世界で、何があった？

何か大切な約束をした気がする。

出来事は覚えていないけれど、高揚感だけは胸の奥深くに残っている。

記憶は消えても、思いは残っているのだ。

鳥居の正面に立ち、奥を覗《のぞ》きこむ。

風は吹かない。やはり一人では、隠世へ通じる道は開けないのだ。

——でも、時折行けることがある、と太郎は言っていた。

私はその万に一つの可能性に賭《か》けてみた。

思い切って鳥居の中に向かって、走り出す。駆け抜けながらも、一人で行くと帰ってこられないかもしれない、と不安が頭の中をよぎる。それでも一気に先まで走り切った。

全速力で走ると、すぐに通り抜けてしまう。こうではなかったはずだ。

あの時はもっともっと、先が見えないほど道が長かった。

私は逆走し、もう一度鳥居の中を駆け抜けた。

だがやはり、隠世に通じるあやかし道が現れることはない。

一人で行ける場所ではないのだ。

「そこで何してるんだ、真穂」

突然呼び掛けられ、声を辿《たど》ると鳥居の入り口に有龍がいた。

「有龍さん、隠世に出かけたのではなかったんですか？　誠牙さんがそう言ってたんですけど」

「そっちこそ太郎と隠世に行こうとしていると、誠牙から聞いたんだが」

太郎となんて行くわけがない。そんな二人旅をしたら、大惨事が待ち受けていそうだ。

有龍は状況を察したのか、小さく息を吐き天を仰いだ。

「誠牙が、余計な気を回したな」

鳥居を戻り、有龍の正面まで進む。

「じゃあ、お身体は大丈夫なんですか？　私達のせいで、無理をされたのではありませんか？」

「俺を誰だと思っている。大蛇だぞ」

「よかった……！」

心底ホッとして表情を緩めると、有龍も逞《たくま》しい笑顔を見せてくれる。

「私、隠世での出来事をどうしても思い出せないんです。多分、有龍さんと何か約束をしたような気がするんですけど」

「なんだ、やっぱり忘れたのか」

「私、これからも有龍さんに会いに来てもいいですか？」

有龍がスッと目を離し、遠くの木の根元を見た。

そこに小さな旋風が起き、雑草が揺れている。

もしや、河童《かっぱ》か何かのあやかしがそこにいるのかもしれない。

有龍は溜《た》め息と共に呟いた。

「俺は半妖《はんよう》なんだ」

「知ってますって」

「半妖と用もなく一緒にいたいか？」

「いたいです」

「そう即答するな。半妖であるということは、一歩踏み込んで付き合うのを躊躇《ちゅうちょ》する、十分な理由になるだろう」

「有龍さんが何者かじゃなくて、どんな人なのかを、見てきたつもりです。だから、もう躊躇しません」

有龍は少しの間押し黙った。そうして顔を上げると、漆黒の瞳《ひとみ》をじっと私に向けたまま、少し硬い声で言った。

「俺はあやかしを食ってきたし、元々あやかしの血がかなり強い。現世でも、時折大蛇の姿になって空を飛んでいる」

「それも知っています」

「腹が立った時は、雷を鳴らしてストレス解消をしている」

「それは知りませんでした……」

「俺と関わると、平穏な毎日は望めないかもしれない」

そんなこと言っても、関わる前からギブアップするつもりはない。

「関わらせて下さい」

ややあってから、有龍は言った。

「本当にいいんだな？　いいと言うなら、今までのように半妖だからと言ってもう遠慮しないからな」

じわじわと私の胸の中に、火種のように喜びがくすぶり始め、大きくなっていく。

私は更に一歩前へ進み、有龍の目をしっかりと見つめる。

「有龍さん、約束を守らせて下さい。私、隠世で何を約束したんでしたっけ？」

有龍の右手が伸びてきて、私の後頭部に回されると、彼は私を引き寄せた。

有龍の胸に私の頭が軽くぶつかり、頭を抱き締められたような格好になる。

「守らせてやるから、聞くな」

頭に回された腕は離されず、私はそっと両腕を上げて有龍のワイシャツにしがみつく。心臓がおかしくなりそうなほど、暴れている。煩《うるさ》い鼓動が、有龍にも聞こえてしまいそうなほどだ。

私はどうにか声を絞り出した。

「有龍さんの……電話番号とメールアドレスを知りたいです」

勇気を出して、二度目のチャレンジをする。

有龍は私から身体を離すと、スマホを取り出した。

そうして教えてもらった電話番号を、早速連絡先に追加する。登録名称欄に「大蛇さま」と入力すると、それを見ていた有龍が横から口を挟んできた。

「洸でいいだろ」

「そんな、畏《おそ》れ多いです」

今さらよく言うよ、と洸が笑った。

不忍池《しのばずのいけ》まで歩くと、誠牙と出くわした。

彼のことだ。多分、どこかから私達のことを見ていたに違いない。

誠牙は池の前に設置されたベンチから優雅に腰を上げると、私達に手を振った。

今はもう、ただのイケメン外国人にしか見えない誠牙だが、あの豪華で愛くるしい九本の尾と、小憎らしい金色の耳が見えないことが、とても残念だ。

ふと思いついた。

「誠牙さんって、洸のゴッドファーザーみたいですね」

ゴッドファーザー……とは、キリスト教の洗礼式に立ち会う代父のことで、実の親ではないが、寄り添ってその成長を見守る。国によっては万一の際、親代わりを務める社会制度でもある。

勝手に納得していると、洸が首を捻《ひね》った。

「色々ちゃんぽんにしてきたな」

誠牙の前まで歩くと、問いかける。

「誠牙さん、油揚げをいつお持ちしたら宜《よろ》しいでしょうか？」

近所の店舗で買える高級油揚げにとどまらず、ネットを駆使して全国各地のプレシャスで高級な油揚げを掻《か》き集めたのだ。

そろそろ冷蔵庫が油揚げで占拠され、帰国する母に問い詰められないかと怖くなってきている。

「あ、そうだったね。忘れていたよ」

なんと。

あやかしとの契約って、そんなに軽々しいものだったのか。聞かなきゃよかったかも、と数秒前の自分の発言を後悔する。

「最近は物忘れが激しくなってきていてね。洸に世話してもらう日も近いかな」

怪訝《けげん》な顔をしている洸を見て可笑《おか》しくなりつつ、誠牙に言う。

「少しお待ち頂ければ、今取りに帰りまして持ってきます。上等なものですので、気に入って頂けると思います！」

「明日《あした》から、毎日一品持っておいで」

一品とは、一体……？

「袋入りの味のない油揚げをもらっても、あまり甲斐《かい》がないからね。油揚げ料理を明日から百日の間、頼むよ」

「ひゃくにち——!?」

助けを求めて洸を見ると、それ見たことかと呆《あき》れた様子で肩を竦《すく》めている。

「上等な料理、期待しているよ。真穂ちゃん」

半分は兄に作らせよう。震え上がりながらも、そう固く決意した。

所詮《しょせん》、誠牙もあやかしだった。

愉快そうに手を振って、誠牙は遊歩道を歩き出し、去っていく。

「顔色が悪いぞ。大丈夫か？」

洸が私を覗き込む。

その端整な顔を見て、はっと気づく。

「そういえば、今ってお仕事中ですよね？」

「早めの昼休みにしてもらったから、問題ない。家まで送ろう」

我が家と資料館は逆方向にある。遠慮すべきか躊躇したが、思い直す。

照れた笑みを浮かべながら、答える。

「はい、お願いします！」

二人で並んで歩き始めると、ふと不忍池の方に視線が吸い寄せられる。

水面に顔を出し、不忍池を濃い緑に染める蓮《はす》の葉が、風もないのに忙《せわ》しく揺れた。

奇妙な局地的な揺れに、目を瞬《しばたた》く。

一際高く茂る一本の蓮が、不自然なほど左右に揺れる。

目を凝らしてもそこには何もいない。

だが、きっと太郎がいるのだろう。

「バイバイ、太郎！」

声を張り上げてそう言い、手を振る。

たとえ私達には見えなくても、あやかし達はそこにいるのだ。私達のすぐ近くに。

不忍池沿いを歩き始める。洸は鳥居の前で以前そうしたように、手を繋《つな》いでくれた。

隠世《かくりよ》でも、こうして二人で並んで歩いた気がする。

洸が話しかけてくる。

「明日は月曜日だから休館日なんだ。──よかったら、二人で出かけないか？」

急なお誘いに、顔が火照っていくのが止められない。デートっていうことだろうか。勿《もち》論《ろん》、お出かけ先は隠世じゃない、どこかだろう。

「ええっと、それって、二人で遊びに……」

「既に予定が入っているようなら……」

「空いてます！　明日だけじゃなく、毎週空いてます!!　ずっとガラガラです！」

止めようもないニタニタの笑顔で即答すると、洸は爽《さわ》やかに笑った。その表情が実に眩《まぶ》しい。

「隠世に行こう。真穂の埴輪《はにわ》と橘のお札があっちに流されたからな。特にお札は放置しない方がいいだろう。明日、責任もって回収しに行くぞ」

「わーい、やったぁ！　嬉《うれ》しぃ——なんて言うと思いましたかっ⁉」

「なんだ、不満か？　この前までやたら執念深く隠世に行きたがっていたのに」

「だってそれじゃ、デートになりません」

「デートがしたいのか」

至極嬉しそうに言う洸の煌《きら》めく笑顔に、恥ずかしいやら腹立たしいやら、混乱しつつも強気で主張する。

「もっと、若くて健全な楽しいお出かけがしたいです！　たとえば海とか山とか……」

焦りのあまり、変な提案をしてしまう。初デートで海に行くなんて、ハードルが高過ぎる。山なんて冒険もいいところだ。

「海水浴と登山か？」

「そこはサラリと無視して下さい。ものの喩えですから。ええと、遊園地とか」

「付き合いたての遊園地デートは、世間では危険だと言われているのを知らんのか」

「隠世よりはきっと安全ですよ。——付き合い立てって……。素敵な響きですね」

「横浜《よこはま》はどうだ？　知り合いがやっているいいレストランがあるんだ。よければ後で予約しておこう」

「うわぁぁぁ、いいですね！」

「帰りは飛んで送ろう。背中に乗るといい」

「凄《すご》いスキルが必要そうですけど……主に私の方に」

「冗談だから、安心してくれ」

大蛇様のジョーク、結構分かりにくい。

苦笑していると、洸は隣を歩く私を真顔で見下ろした。その黒い切れ長の瞳が、微《かす》かに一瞬妖《あや》しく金色に輝く。

「太郎が見えなくなって、寂しいんじゃないか？　もう一度毒を分けて欲しかったら、いつでも言ってくれ」

――冗談かな……？　また揶揄《からか》われているだけだよね。

熱心な視線が、なんとなく半分本気に見えなくもないが、取り敢《あ》えず丁重にお断りする。

「え、遠慮しておきます」

「そうか。残念だな。言っておくが、遠慮は不要だぞ。――そもそも俺達は、既に隠世で同じ部屋で一夜を過ごした仲だからな」

ちょっと待って、聞き捨てならない。それはもしや、私が全く覚えていない二度目の隠世での出来事だろうか？

確かめるのは怖いが、聞くしかない。

「私、隠世でその時何を……、っていうかまた冗談ですよね⁉　そうですよね！」

必死に見上げる私を、立ち止まりながら見下ろし、洸が呟《つぶや》く。

「本当に覚えていないんだな……」

私は隠世で、一体何を？

狼狽《ろうばい》する私の前で、洸は思い出すかのように宙を見つめる。

「あの夜――、別々の部屋を取ったのに、縋《すが》るように俺を追いかけてきて、凄く面白……、あ、いや、可愛いかったよ」

嘘だ、絶対に嘘だ！

ここは、こここそ、冗談だと言って欲しい。

困惑する私の反応を置き去りに、洸は再び歩き出す。

「忘れてしまって悔しいかもしれないが、これからたくさん俺達の思い出を作っていけばいい」

「そうですね……」

そうだ。そういうことにしよう。

幸い夏休みはまだまだ長い。新しい思い出で、過去もこれからも、埋め尽くしてしまえばいいのだ。

そう考えると、徐々にわくわくしてくる。

夏らしい湿った風が、不忍池を覆う蓮の葉たちを揺する。

幾重にも重なった、濃い緑色の葉の間から、鮮やかなピンク色の大輪の蓮の花が一輪、顔を覗《のぞ》かせている。

それは今まで見たどんな花より、美しく思えた。

あとがき

こんにちは。岡達英茉《おかだちえま》と申します。

本書は上野《うえの》を舞台にした、少しだけあやかしが見える女子大生の物語です。兄の失踪《しっそう》をきっかけに、主人公と孤高の半妖《はんよう》が交流していきます。

ちなみになぜ大蛇の半妖を登場させたのかと言いますと、妖怪の図鑑に載っていた大蛇があまりにも龍《りゅう》にしか見えず、衝撃だったからです。

東京都台東《たいとう》区にあります上野は、私にとって大変馴染《なじ》みのある場所です。実に色々な表情を持つ街でして、ここにしかない多種多様な施設が集まり、不思議な引力があります。上野の独特の雰囲気を、少しでもお伝えできましたなら幸いです。

さて、あやかしの歴史は古く、書物では奈良時代まで遡《さかのぼ》ることができるそうです。誰もがきっと知っているであろう、超メジャーな河童《かっぱ》や海坊主を始め、あやかしは川や海に多く登場します。なぜかと言いますと、昔の人々は怪異が水辺に起こりやすい、と考えたからなのだとか。

実は子どもの頃、自宅の洗面台に勢いよく飛び込めば異界に行けるのではないか、とどうわけか結構本気で思い込み、試してみようと助走までしかけたことがあります。人が水に神秘を感じるのは、時代を超えて共通なのかもしれません。

幸い突入を敢行したことはなく、洗面台を壊したり、骨折することなく成長し、排水口を眺めて悩んだことすら長らく忘れていました。自宅は異界に繋《つな》がりませんでしたが、こうして真穂《まほ》が訪れた世界を皆様と一緒に覗《のぞ》けたことは、それに遥《はる》かに勝る喜びです。

最後に謝辞を。

本書を執筆する機会を下さった、編集担当者様。あらすじをお話しした際に「面白そう！」と仰《おつしや》って下さったあの一言が、私をラストまで引っ張ってくれました。「大蛇、イケメンですか？」も忘れられません。はい、そこは大事なところですよね……。

透明感溢《あふ》れる美しいイラストを描いて下さった、白谷《しらたに》ゆう様。見つめる度に幸せでいっぱいになります。とりわけキモ可愛い太郎《たろう》に目が釘付《くぎづ》けでした。

そして何より本書をお手に取って下さった方々。

心よりお礼申し上げます。ありがとうございました。

皆様にとって、本年が実り多き一年になりますよう祈って。

岡達英茉

お便りはこちらまで

〒一〇二―八五八四
富士見L文庫編集部　気付
岡達英茉（様）宛
白谷ゆう（様）宛

富士見L文庫

上野《うえの》の神様《かみさま》にこい願《ねが》わくは
あやかし資料館《しりようかん》の大蛇様《だいじやさま》

岡達英茉《おかだちえま》

2020年1月15日　初版発行

発行者　三坂泰二
発　行　株式会社 KADOKAWA
〒102-8177　東京都千代田区富士見2-13-3
電話　0570-002-301（ナビダイヤル）

印刷所　株式会社暁印刷
製本所　株式会社ビルディング・ブックセンター
装丁者　西村弘美

定価はカバーに表示してあります。

●お問い合わせ
https://www.kadokawa.co.jp/（「お問い合わせ」へお進みください）
※内容によっては、お答えできない場合があります。
※サポートは日本国内のみとさせていただきます。
※ Japanese text only

ISBN 978-4-04-073470-5 C0193

あやかし双子のお医者さん

著／椎名蓮月　イラスト／新井テル子

わたしが出会った双子の兄弟は、
あやかしのお医者さんでした。

肝試しを境に居なくなってしまった弟を捜すため、速水莉莉は不思議な事件を解くという噂を頼ってある雑居ビルへやって来た。彼女を迎えたのは双子の兄弟。不機嫌な兄の桜木晴と、弟の嵐は陽気だけれど幽霊で……!?

【シリーズ既刊】1～6巻

富士見L文庫